中等职业教育
幼儿保育专业教材

幼儿文学欣赏与表达

高格褆 舒平 主编

高等教育出版社·北京

幼儿文学欣赏与表达

编写人员名单

主　编：高格禔　舒　平

参　编：蒋　婕　何　静　赵誉茜　敖姗嫦
　　　　何　巍　唐　伟　姜旭玮　周雪林
　　　　王　盈　王　一　陈　洁　李　莲
　　　　刘垠杉　肖雨欣　张子倍

内容提要

本书是中等职业教育幼儿保育专业教材，依据教育部《中等职业学校专业目录》，参照《幼儿园工作规程》（2016年）、《幼儿园教育指导纲要（试行）》(2001年)、《3—6岁儿童学习与发展指南》(2012年)等标准，按照"做中学、做中教"等职业教育教学理念编写而成。

本书共分六个单元，主要内容包括：幼儿文学基本理论，儿歌、幼儿诗，幼儿童话、寓言，幼儿故事，幼儿散文，幼儿图画故事，单元分为学一学、读一读、练一练、做一做四部分。本书强调幼儿文学的吸引力、感染力，指导学生具备独立完成幼儿文学作品阅读欣赏、表达的基本能力，具有较强的实用性和指导性。

本书配有二维码和学习卡资源，按照书后"郑重声明"页中的提示，登录我社Abook网站，可获取相关教学资源。

本书可作为中等职业学校幼儿保育专业教材，也可作为幼儿园保育员在职培训学习用书。

出版说明

中等职业教育担负着培养德智体美劳全面发展的高素质劳动者和技术技能人才的任务，是国民教育体系的重要组成部分，与普通高中教育具有同等重要地位。教材是人才培养的重要载体，加强教材建设是深化"三教"改革的重要一环，是推进人才培养模式改革的重要条件，对促进现代职业教育体系建设，提高职业教育人才培养质量具有十分重要的作用。

2020年4月教育部发布《关于做好中等职业学校国控专业设置管理工作的通知》，要求中职两年内（2021年截止）不再开设学前教育专业，全部转设为幼儿保育专业；2021年3月教育部公布《职业教育专业目录（2021年）》，中职教育类专业撤销学前教育专业，只保留幼儿保育专业。基于中职教育类专业的转设背景，课程及教材建设发生了较大变化。

为满足教学需求，高等教育出版社启动了中职幼儿保育专业教材的编写工作，邀请了本专业领域具有丰富教学和教科研经验的知名专家、双师型优秀骨干教师以及熟悉行业、企业发展的高级技术人才参与教材编写，他们是提升教材编写质量的重要保障。本套教材主要突出以下五个特色：

1. 落实立德树人，突显课程思政。教材把立德树人融入文化知识教育、技术技能培养、社会实践教育等各个环节，突显课程思政，融入职业精神和工匠精神，满足"三全育人"的总要求。

2. 遵循教学标准，彰显类型特色。教材编写准确把握职业教育改革的最新精神，依据课程目标的变化，及时更新课程内容，体现最新的教育思想和教育理念，反映当代社会进步、科技发展、学科发展前沿和行业企业的新技术、新工艺和新规范，传播先进的教学内容。

3. 对标行业标准，探索岗课赛证融合。教材从技术岗位复合型人才需求出发，以行业认证、技能竞赛的能力和素养要求为目标整合教学内容，实现学生"课程教学—技能竞赛—企业考证—职业能力"的相通培养。

4. 遵循人才成长规律，创新教材编写模式。为适应教学需求和中职生认知特点，在呈现形式上，教材以项目教学、案例教学、情境教学、模块化教学为模式编写；教材编写体例符合中职学生的年龄特点和认知需求，突出时代要求，较多考虑了对教学模式的支撑，部分教材以活页式、工作手册式等形式呈现。

5. 创新教材呈现形式，打造智能化书课融合新形态教材体系。将纸质教材与教学资源、数字课程等进行一体化设计，形成线上资源与线下新形态教材密切配合的课程教学支持服务体系。

为了更好地服务教学，高等教育出版社将以中职幼儿保育专业教材为基础，组织教师进行教学研讨活动。希望各地、各中等职业学校在使用本套教材的过程中及时提出修改意见和建议，使之不断完善和提高。

高等教育出版社

2021 年 6 月

前 言

本书是中等职业教育幼儿保育专业教材，依据教育部《中等职业学校专业目录》，并参照《幼儿园工作规程》（2016年）、《幼儿园教育指导纲要（试行）》（2012年）、以及《3—6岁儿童学习与发展指南》（2012年）等标准编写而成。

本书以基础知识为指导，以技能训练为目的，紧密结合幼儿园保育岗位实际，充分体现"做中学、做中教"。本书具有以下三个特点：

基础理论和实操技能结合紧密。本书降低理论的难度，根据文体的不同，将作品的欣赏和表达技巧指导融入每个单元的教学内容中；使每种文体的基础理论知识和实践操作技能紧密结合，更利于教师教学指导，学生学习掌握。设立"学一学　基础知识""读一读　作品欣赏""练一练　表达指导""做一做　单元练习"模块，体现实用性。

知识内容实用性强。第二单元至第六单元，更加突出教材的实用性，加大对各种文体作品的欣赏和表达能力的训练；第二单元至第四单元以及第六单元的文学体裁在幼儿园教育活动中使用广泛，学生在学习本书后，能根据幼儿园实际的教学，提高保育质量；此外，呈现形式活泼生动，极大地增强教材可读性，促进学生学习效率的提高。

数字化资源配套丰富。充分利用多媒体，配套与文体内容相对应的儿歌、幼儿诗朗读视频，童话、寓言讲述视频，绘本故事讲述视频。可以通过扫描书中的二维码获取资源。丰富的数字化资源，为学生学习提供范式案例，便于学生课前、课中、课后练习，提高学生的学习能力，为将来走上工作岗位奠定基础。

本书共有六个单元，具体课时分配如下表，在实际使用时可根据具体情况做适当调整。

课时分配表（供参考）

单元	教学内容	建议课时
单元一	幼儿文学基本理论	2
单元二	儿歌　幼儿诗	8
单元三	幼儿童话　寓言	8
单元四	幼儿故事	7
单元五	幼儿散文	4
单元六	幼儿图画故事	7
总计		36

本书由高格褆、舒平担任主编，吸收了大批优秀的行业企业人才参与编写，很好地体现了产教融合、校企合作。具体编写分工如下：文学知识理论部分由高格褆、舒平编写；作品导读部分由敖姗嫦、何巍、王盈、王一、陈洁、李莲编写；表达指导部分由何静、蒋婕、赵誉茜、姜旭玮、唐伟、周雪林、刘垠杉、肖雨欣、张子倍编写。本书在编写过程中得到了重庆市女子职业高级中学、重庆立信职业教育中心、重庆市江北区四叶草幼儿园给予的大力支持，在此表示感谢。

由于编者水平有限，书中难免会有疏漏，希望广大读者在使用中提出宝贵意见，以便修改，使其更加完善。读者意见反馈邮箱：zz_dzyj@pub.hep.cn。

编者
2021 年 1 月

目 录

单元一 幼儿文学基本理论

学一学　基础知识 003
一、幼儿文学的含义及特点 003
二、幼儿文学的受众 005
三、幼儿文学的特征 008
四、幼儿文学的作用 012

做一做　单元练习 014

单元二 儿歌　幼儿诗

学一学　基础知识 017
一、儿歌、幼儿诗的概念、特征与分类 017
二、儿歌、幼儿诗的区别 027

读一读　作品欣赏 027
一、儿歌的阅读欣赏指导 027
二、幼儿诗的阅读欣赏指导 028
三、优秀儿歌、幼儿诗导读 029

练一练　表达指导 043
一、儿歌、幼儿诗的朗读 043
二、儿歌、幼儿诗的作品表达指导 046

做一做　单元练习 057

单元三
幼儿童话 寓言

学一学 基础知识 061

一、幼儿童话、寓言的概念与特征 061

二、幼儿童话和寓言的区别 063

读一读 作品欣赏 064

一、童话的阅读欣赏指导 064

二、寓言的阅读欣赏指导 065

三、优秀幼儿童话、寓言导读 066

练一练 表达指导 078

一、幼儿童话、寓言的朗读 078

二、幼儿童话、寓言的作品表达指导 080

做一做 单元练习 107

单元四
幼儿故事

学一学 基础知识 111

一、幼儿故事的概念 111

二、幼儿故事的特征 111

读一读 作品欣赏 112

一、幼儿故事阅读欣赏指导 112

二、优秀幼儿故事导读 113

练一练 表达指导 118

一、幼儿故事的朗读 118

二、幼儿故事的作品表达指导 120

做一做 单元练习 128

单元五 幼儿散文

学一学　基础知识 133
一、幼儿散文的概念 133
二、幼儿散文的特征 133

读一读　作品欣赏 135
一、幼儿散文的阅读欣赏指导 135
二、优秀幼儿散文导读 136

练一练　表达指导 139
一、幼儿散文的朗读 139
二、幼儿散文的作品表达指导 140

做一做　单元练习 144

单元六 幼儿图画故事

学一学　基础知识 147
一、幼儿图画故事的概念和特征 147
二、绘本的概念和特征 150

读一读　作品欣赏 151
一、绘本的阅读欣赏指导 151
二、优秀绘本导读 153

练一练　表达指导 158
一、绘本的讲读指导 158
二、绘本的作品表达指导 159

做一做　单元练习 163

参考文献 164

单元一

幼儿文学
基本理论

1

学习目标：

1. 掌握幼儿接受文学的特殊方式；

2. 理解幼儿文学的本体特征、美学特征和幼儿文学的功能；

3. 了解幼儿文学的基本概念，以及幼儿的年龄特征和认知特点。

学一学　基础知识

一、幼儿文学的含义及特点

幼儿文学是为0—6岁的幼儿服务的文学,它的主要接受对象是3—6岁的幼儿,它是为适应这一阶段幼儿的接受特点而创作或改编的文学。由于幼儿处于人生的初始阶段,蕴涵着天真活泼的人性特征,因此有人把幼儿文学称为"人之初文学"。[1]

幼儿文学不同于童年文学(主要服务于7—12岁儿童)和少年文学(主要服务于12—15岁少年),是整个儿童文学发展阶段中的初始阶段,也是文学的儿童特性最为浓厚的阶段。幼儿阶段的孩子身心各方面刚开始成长,口头语言能力发展较快,开始学习运用语言表达自己的思想,但幼儿对外界事物的认识主要是具象性的,不易理解抽象概念和复杂事物。这就要求供幼儿阅读欣赏的文学作品必须简单、明朗,富有趣味性和娱乐性,或娱乐幼儿的身心,或通过对现实世界的描绘帮助幼儿认识事物的特点,懂得简单的道理。

对于为适应幼儿的心理特征和审美需求而产生的幼儿文学,我们在理解和把握其概念的时候,尤其需要注意以下两个方面:

1　黄云生.人之初文学解析[M].上海:少年儿童出版社,1997.

（一）幼儿文学必须是"文学的"

幼儿文学隶属于文学，是文学领域中的一个重要分支。那么，文学又有哪些特点？首先，文学性语言不同于科学性语言注重准确、严谨和客观性，它是多意的、富有想象性的。比如看过同一部《海的女儿》，每个人心中会有自己的美人鱼。其次，文学是艺术化的、以审美为目的。优秀的文学作品，既可以塑造出生动鲜明的人物、引人入胜的故事，又能够从字里行间传递出作者的观点或情感，引起情感的共鸣。因此，优秀的幼儿文学作品能够让幼儿在欣赏中接触到真、善、美，从而形成自身的理、智、情。幼儿文学积极参与着幼儿精神世界的建设，发挥着文学之外的事物无法比拟的教化作用。

（二）幼儿文学必须是"幼儿的"

幼儿文学有明确的年龄特征，它的接受主体是幼儿。这就要求幼儿文学应当是以服务幼儿、尊重幼儿为前提的文学样式，应当用贴近幼儿的语言来反映幼儿的生活和内心世界，能为幼儿大体理解和把握，让幼儿自发地喜欢并成为幼儿成长中的良师益友。

外在表现方面，幼儿文学作品应当主题单一、鲜明、突出，在形象上富有动感，在语言表达上浅显易懂，在呈现方式上图、文、声、像相结合，让幼儿一听就明白，一看就懂。如郑春华的幼儿诗《新来的小朋友，快不要哭！》。"新来的小朋友，快不要哭！你看小熊也不哭，你看小猫也不哭，不哭，不哭，都不哭！"作者深谙幼儿心理，作品采用短小的篇幅、反复的句式，表达一个单纯的意思"不要哭"，幼儿易懂易记，乐于接受。

内在表达方面，幼儿文学还应当体现出幼儿的精神特征，要富有幼儿情趣和幼儿游戏精神。幼儿情趣是幼儿动作、行为、心理、性情等在作品中的艺术表现。因为幼儿情趣来自生活，是作者对幼儿思想感情的艺术概括，与幼儿的审美情趣相结合，所以它能让幼儿主动认同和接受作品内容，从而产生愉悦、获得美感。同时，幼儿生活中的游戏，因为表现了幼儿自由狂纵的幻想和无拘无束的游戏精神，提供了可供模仿的动作、演习与体验生活的广阔空间，最大限度地张扬了幼儿的天性，所以对幼儿产生了磁铁般的吸引力，使幼儿徜徉其间，获得了愉悦和共鸣。

二、幼儿文学的受众

（一）幼儿的年龄特征

幼儿时期是生理、心理快速发展的时期。幼儿文学的传播者与创作者必须了解幼儿生理、心理的发展规律，才能找到或创作出适应幼儿身心发展的好作品，丰富和提升幼儿的精神世界。

1. 感知觉

幼儿的各种感知觉在成长中迅速地发展、完善。幼儿的视觉随年龄的增长而增强，到 6 岁时基本与成人相同。为幼儿出版的读物，面向的年龄段越小，图和字就越大。听觉是幼儿接受外部世界信息的重要渠道，对智力发展有重要意义。幼儿文学作品中优美的语言、和谐的韵律，对发展幼儿听力有着良好的作用。幼儿的空间知觉和时间知觉的发展水平较低。一般来说，3 岁只能辨别上、下两个方位，4—5 岁能辨别前、后方位，6 岁时还不能准确地以自身为参照辨别左、右方位。幼儿只掌握一些简单的时间概念，听故事时可以笼统接受"从前""很久以前""后来""过了一会儿"等时间概念。

2. 语言

幼儿的语言发展很快，3 岁幼儿能掌握词汇 1 000 个左右，4 岁时能掌握本族语言的全部语音。到了大班以后可达 4 000 个。幼儿掌握使用的词汇主要是实词，如"葡萄""椅子"，之后逐渐掌握带有一定概括性的词，如"水果""玩具"，并初步掌握本族语言的语法结构，语言表达中出现了条件、递进、假设、因果等各种关系的复合句。句子的表达从陈述句发展到各种形式的句子，但往往不连贯、不完整。到了 6—7 岁，幼儿大都能有表情、绘声绘色、连贯完整地讲故事。

3. 注意

幼儿的新奇感很强，奇异的、有趣的、色彩强烈的、活动着的事物很容易引起他们的注意，且年龄越小，注意力集中的时间就越短。小班幼儿仅能注意 3～5 分钟，中班幼儿 5～10 分钟，大班幼儿也不过 15 分钟左右。因此，篇幅短小、情节奇变的幼儿文学作品更容易引起幼儿兴趣。

4. 记忆

幼儿的记忆主要是无意识的、机械的、形象的记忆。形象鲜明、具体生动、能引起幼儿强烈情绪体验的事物，容易被幼儿记住；相反，则视而不见，不加注意。语言简单明了、朗朗上口的幼儿诗歌,形象生动、情节曲折的故事,富于幻想的童话,比较适于幼儿记忆,如《吃苹果》。

吃 苹 果
佚 名

幼儿园吃苹果,
你一个他一个,
小胖伸手接,苹果往后躲,
"别碰我,一只小黑手!"

这首儿歌通俗简短,生动形象,上口好记。

5. 思维

幼儿的思维以具体形象思维为主。幼儿是通过头脑中形成的故事人物及其言行的具体形象去理解故事内容的。幼儿的概括能力较低,大班以后,由于知识经验的增多,有了简单的推理、判断能力,开始出现逻辑思维,理解力也逐渐增强。如柯岩的《小弟和小猫》,情节简单、生动有趣,寥寥几笔就塑造出一个聪明、淘气、可爱却不讲卫生的小弟弟形象,贴近幼儿生活,让幼儿易于接受。

6. 想象

幼儿的无意想象占主要地位,有意想象仅初步发展;再造想象占主导地位,创造想象开始发展。想象的主题容易变化,如幼儿游戏时,一个纸盒可以一会儿是帽子,一会儿是床,一会儿又是汽车。到大班以后,幼儿的创造想象显著发展,他们能大胆而美妙地想象离生活较远的事物。在幼儿文学作品中,幻想、比喻、拟人、夸张、荒诞、变形等手法的运用,对于幼儿想象力的发展有积极作用。如鲁兵的童话诗《小猪奴尼》中,具体、可感、逼真的小猪形象,唤起幼儿的无限遐想。

7. 情感

幼儿情绪外露而不稳定,表现为易冲动、易转变、易被感染。如幼儿哇哇大哭,转瞬间又可以破涕为笑。幼儿求知欲强,爱提问,什么都想知道,并能从音乐、美术、文学等艺术中获得美感,还容易被深深地吸引和感染。所以,在《白雪公主》故事中,当孩子听到坏人被打跑了会哈哈大笑,当听到白雪公主将被恶毒的皇后害死时会十分紧张;在《卖火柴的小女孩》中,当听到卖火柴的小女孩被冻死时则会怜悯悲伤。

（二）幼儿的思维特点

优秀的幼儿文学作品，必须符合幼儿思维的特殊性，让幼儿理解作品所表达的内容，自然地融入作品所创造的情境中。幼儿的思维具有生命性、同一性、游戏性三大原则。[1]

生命性，即幼儿眼睛里的世界，一切都是具有生命的。在幼儿的世界中，花草树木、飞禽走兽、砖瓦石块等世间万物无一不具有人的灵性，它们与人一样有思想、有感情、有语言。花儿会疼痛，鸟儿会哭泣，鱼儿会唱歌，被大灰狼吃进肚子的六只小羊能安全地逃出来……"生命性"体现在幼儿文学作品中，造就了大批深受幼儿喜爱的文学形象，如孙悟空与猪八戒、米老鼠与唐老鸭、狮子王辛巴、白雪公主与七个小矮人。

同一性指幼儿常常以自我为中心。他们往往不懂得事物的内在联系，也无法分辨主体与客体的区别，可随意将世间万物按自己的意愿进行组合而不管它们之间是否有联系，他们在接受作品时完全不会考虑作品中的文学世界与客观世界是否具有一致性，通常以一种"信以为真"的期待与接受心理进入文学作品，在成人看来不可思议的事情，在他们的心中却完全合情合理。于是，天上的星星可以随意到地上玩耍，说谎话的孩子会长出长长的鼻子，青蛙可以变成王子与公主幸福地生活在一起。这种无拘无束以自我为中心的思维，毫无固定框架可言，也因此造就了幼儿文学特有的奇异世界，最大限度地张扬了孩子的幻想。

幼儿渴望参与成人世界的活动，但受到身心发展水平的限制，游戏则解决了这一矛盾。幼儿可以以游戏的方式模拟生活中的情景，并扮演一定的角色。鲁迅曾说过："游戏是儿童最正常的行为。"幼儿在游戏中按自己的思维建立起属于自己的游戏规则与语言，在那里，一切皆有可能，他们可随心所欲地幻想世界而不受成人世界的约束，感到如鱼得水般的愉悦。

由此可见，幼儿的思维方式与成人有着极大的区别，这才有了幼儿的童真、童趣。

（三）幼儿接受文学作品的特殊方式

根据幼儿文学作品自身的呈现形式，如唱诵、讲述、绘图，结合幼儿游戏中的扮演、模仿等表现形式，我们把幼儿接受文学作品的特殊方式分成四种：

---

[1] 王泉根.儿童文学要高扬以善为美的大旗[N].文艺报，2004-3-16.

1. 朗诵讲述法

幼儿接受文学作品的主要途径是通过成人的朗读或讲述，通过"听"去认知、感受、体验。这种方式通常不要求幼儿"识记"，幼儿只需要沉浸在"听"诗歌、"听"故事的朗读和讲述过程中，而不去探究事物的结果和意义指向。所以，他们乐意反复听，长期听，使作品成为"没尾巴的故事"。

2. 配图、配乐法

幼儿接受文学作品的直观性要求鉴赏方式应呈现多样性。图画和音乐作为辅助形式，可以充分调动幼儿的视觉、听觉，形象直观地"传达"作品，增强感染力。根据幼儿文学作品的内容，加上插图、连环画，或配以适当的音乐，是帮助幼儿接收、理解、鉴赏作品的好方式。

3. 表演欣赏法

表演欣赏法有两种形式：一是艺术家把有动有静、有声有色的幼儿童话、幼儿故事、幼儿戏剧等幼儿文学作品搬上舞台，使幼儿在台下欣赏语言艺术与舞蹈、音乐、造型等艺术的结合；二是幼儿直接参与作品的表演，在活动中感受、理解作品。比如，教师一边朗诵儿歌、幼儿诗，一边教幼儿蹦蹦跳跳，做一些简单的动作；或者将幼儿文学作品改编成剧本，指导幼儿亲身参与排练、表演。

4. 阅读欣赏法

阅读欣赏法的特点是以个体活动为主，充分发挥幼儿的主动性和想象力，促进幼儿初步掌握阅读能力，养成安静、专注的阅读习惯，学会思考图片之间的关系，发展思维。中班、大班幼儿可以自己阅读欣赏图文并茂的卡通画、绘画文学读物。

三、幼儿文学的特征

（一）幼儿文学的本体特征

1. 幼儿文学是开启心智的启蒙文学

对不谙世事的懵懂幼儿，幼儿文学是极好的启蒙老师。它包罗万象，有利于幼儿认识世界的万事万物，帮助幼儿了解一些日常生活的内容，引导他们参与语言、思维、想象等活动，对幼儿的健康成长起到了启蒙作用。如望安的《红睡莲》。

红　睡　莲
望　安

根儿生在泥里，
花儿开在水面，
我们是一朵朵红睡莲。

明亮的池水浮着绿叶，
绿叶上水珠儿闪闪。
轻轻的风儿吹过花丛，
花朵张开笑脸。

我们最爱秋天，
每天早起早睡，
我们是一朵朵红睡莲。
太阳看见我们的时候，
已经开得很鲜艳。
月亮看见我们的时候，
已经睡得很香甜。

诗中，红睡莲的早起早睡，在幼儿看来非常神奇，无形中既强化了幼儿良好的生活习惯，增加了幼儿的植物常识，又带给幼儿无尽的想象。

2. 幼儿文学是深入浅出的口语文学

幼儿文学对尚未识字的幼儿来说，主要是听的文学。因为幼儿主要通过听赏的方式来接受文学，这就要求幼儿文学的语言必须明白浅显、直观形象，在幼儿所能掌握的词语范围内讲述。从句式上看，多用短句，少用长句；多用单句，少用复句。比如："小女孩站在路边，一动也不动，可怜极了"就比"可怜的小女孩一动不动地站在路边"更容易让幼儿接受。还要多用具体形象的词，少用抽象概括的词。这是使语言浅显的方法。

优秀的幼儿文学作品还常用语言的节奏、音韵及摹声、反复等表现手法使作品音韵和谐，易记易唱。如幼儿诗《春雨》。

春　雨
佚　名

沙沙沙，沙沙沙，
花儿赶紧张嘴巴，
小草急得往上冒，
春雨沙沙笑哈哈。

全诗押 a 韵（开口呼），响亮，节奏鲜明流畅，优美动听，具有音乐性，使幼儿乐于去听、去念、去记。

3. 幼儿文学是趣味盎然的快乐文学

幼儿文学对幼儿的启蒙是在快乐的前提下进行的。优秀的幼儿文学作品充满了幼儿情趣，它以生动活泼的语言、曲折有趣的情节、天真稚拙的童真感染着幼儿，带给他们无穷的快乐。

幼儿喜爱游戏的天性，也决定了幼儿文学带有很强的游戏性。有些作品并不蕴含深奥的道理，让幼儿在接受文学的过程中充分享受游戏的乐趣。而部分文学作品本身的形式就契合着幼儿的游戏方式。如谜语、绕口令、问答歌、数数歌、连锁调、颠倒歌、拍手歌等，都以各自不同的方式为幼儿提供了各种游戏方式，而幼儿戏剧本身就是一种经过组织导演和艺术加工的游戏。

（二）幼儿文学的美学特征

1. 纯真美

幼儿的心灵是单纯、明净的，他们以真诚的天性对待一切事物。这种纤尘不染的纯真，成为幼儿文学作家自觉追求的创作元素，表现在文学作品中，形成一种极为透明、至纯至真的美，令人叹为观止。如圣野的《欢迎小雨点》。

欢迎小雨点
圣　野

来一点
不要太少
来一点

不要太多
来一点
小菌们撑着小伞等
来一点
荷叶站出水面来等
小水塘笑了
一点一个笑窝
小野菊笑了
一点敬一个礼

单纯的画面，勾勒出恰到好处的小雨点、小菌、荷叶、小水塘和小野菊的形象，从它们那真切细微的表情上，我们体会到大自然的魅力。

2. 稚拙美

从内容上看，幼儿文学的稚拙美主要表现为幼儿心理、生活中的稚拙情态和形态。武玉桂的《小熊买糖果》塑造了一只记性很不好的小熊，三次上街买糖果，要么摔了一跤，要么撞在大树上，要么被风吹跑了帽子，结果都忘了该做什么，那一副憨态可掬的模样，实在令人忍俊不禁。从形式上，稚拙美也表现在幼儿文学作品的文字、语言组合和叙述方式的变化，可以产生稚拙感，其情节构成方式的变化也能带来一种稚拙感。如鲁兵的幼儿诗《下巴上的洞洞》。

下巴上的洞洞
鲁 兵

从前
有个奇怪的娃娃，
娃娃
有个奇怪的下巴，
下巴
有个奇怪的洞洞，
洞洞
谁知道它有多大。

瞧他
一边
饭往嘴里划，
一边
饭从那洞洞往下撒。
……

这首诗歌采用顶真的方式，将上一句的结尾用作下一句的开始，读来朗朗上口，幼儿情趣跳跃其间，产生强烈的稚拙美感。

3. 荒诞美

幼儿的生理和心理特点，决定了幼儿更好动，更富于幻想和探究。因此幼儿文学更富于幻想，有更多惊险色彩和神奇意味。而幼儿的"自我中心"思维，使得一切皆有可能。上天入地、无拘无束的故事情节，神奇怪诞、滑稽有趣的人物形象，在成人世界多了几分约束，但在幼儿世界，却散发着奇妙的光芒。林格伦的童话《长袜子皮皮的故事》中那天不怕、地不怕，令大人头疼至极的淘气女孩皮皮，就备受孩子们的欢迎。荒诞美展示了一种自由、活泼的现代美学心态，充分满足了幼儿喜欢幻想，追求新鲜、变化、刺激的审美心理和阅读趣味，成为幼儿文学的一大美学特征。

四、幼儿文学的作用

幼儿文学有着多方面的价值功能，不仅有教化作用，还有认识人生、审美、娱乐、平衡心理等作用。综合而言，幼儿文学对幼儿发挥积极影响主要体现在以下五个方面。

（一）愉悦身心、丰富情感

"笑这种维生素是儿童所必需的，我们应当慷慨发放。"（米哈尔科夫语）快乐是幼儿的天性，优秀的幼儿文学无论在形式上还是内容上，都能适应幼儿对快乐的需要，音乐般的语言、生动的画面、曲折动人的情节、奇异的幻想世界，都能让孩子在文学作品的阅读中获得身心的满足。如在迪斯尼公司出品的动画片《狮子王》中，主人公辛巴的成长充满了生死爱恨，调动了幼儿的情感变化，尤其是辛巴的父亲为了救辛巴而不幸坠崖的场面，让很多幼儿眼里噙着泪，对死亡有了初次的认识与思考。

（二）扩大视野、增长知识

幼儿的生活经验不足，但幼儿具有很强的好奇心和求知欲，他们渴望认识世间万物，对新奇事物充满好奇心，总想探究个中原因。但在现实生活中，幼儿所接触的空间是有限且相对狭小的，而涵盖大千世界种种知识的幼儿文学，恰好能满足幼儿对外界的好奇。幼儿文学作品带给幼儿大量的感性知识，幼儿又以这些知识为起点，循序渐进，不断完善自己的知识结构，从而提高感知生活的能力。方慧珍、盛璐德的《小蝌蚪找妈妈》，让幼儿知道了青蛙的成长过程；而望安的《雪花》用疑问激发了幼儿对雪花的好奇，而浅显直白的语言、直观形象的画面，让幼儿很轻松地对雪花的特性有了直观的认识。

（三）促进想象、增强创造能力

丰富的想象力是幼儿的一大心理特征。著名儿童文学家金近说："孩子们的思想情感，最突出的一点是幻想，幻想贯穿整个童年的生活。"而幼儿文学的想象性是无与伦比的，幼儿文学作品中，幻想、比喻、拟人、夸张、荒诞、变形等手法的运用，引导幼儿去向往、去思考。生动的形象、精妙的比喻为幼儿打开了一扇通往神奇的大门，幼儿因此展开想象的翅膀，去创造属于自己的奇妙异趣的世界。

（四）培养美感、提高审美能力

美感是人类对事物的审美体验。幼儿对美的需求是天然的，天性渴望正义与善良战胜邪恶与阴险。优秀的幼儿文学本身就是真、善、美的文学，文学作品通过幼儿能理解的语言、丰富的感性形象，让真、善、美的情感打开幼儿的心扉，使他们的审美情感得到陶冶。当幼儿沉浸在文学作品所描述的生活情景中时，他们对生活的认识和理解会更加深刻，能领会到什么是美，为什么是美的，从而具备相应的美感，初步形成审美能力。

（五）陶冶情操、健全人格

幼儿时期的发展是人一生中发展最快的阶段，其品德也在这一阶段进一步发展。但幼儿的道德观念和行为经常受情绪的影响，表现出很强的不稳定性，需要及时引导，不断矫正，才能促使幼儿形成良好的品德特征。优秀的幼儿文学作品，能让幼儿通过语言表现的形象，下意识地产生移情，站在各种角色的立场上体验不同的道德观念,并随着作品的引导做出道德判断。久而久之,幼儿文学作品中美好的情操和高尚的人格会让幼儿受到熏陶,从而达到愉悦幼儿身心、健全幼儿人格的目的。

做一做　单元练习

幼儿故事

草地上躺着一只破皮鞋

　　小白兔在草地上玩,看到了这只破皮鞋,它走过去用脚踢了踢,"嘿,多脏的破皮鞋!"说完就蹦蹦跳跳地走了。

　　过了一会儿,小松鼠路过这儿,看见这只破皮鞋,它用鼻子闻了闻,"好臭哦!哎呀,真臭,多臭的破皮鞋啊!"说完便溜溜达达地走开了。

　　小鼹鼠路过这里时,也看见了这只又臭又脏的破皮鞋,它左看看,右看看,然后笑着说:"呵呵,多好的一只皮鞋啊,我要给它打扮打扮。"于是,小鼹鼠啊,就把破皮鞋带回了家。它提来了一桶水,把破皮鞋里里外外都冲得干干净净,又把破的地方修补好,然后用油漆把皮鞋刷得又光又亮,接着呢,它找来了四只轮子,安在皮鞋的底下。小鼹鼠直起腰,擦擦汗高兴地说:"哈哈,我有一辆皮鞋车。"

　　第二天一大早,嘀嘀!小鼹鼠开着皮鞋车,送小兔去上学。小兔说:"哇!多漂亮的皮鞋车呀!真可惜,我没有。"嘀嘀!小鼹鼠开着皮鞋车,帮小松鼠运松果。小松鼠说:"哇!多漂亮的皮鞋车呀!真可惜,我没有。"嗨!他们都忘记了躺在草地上的那只破皮鞋,也不知道小鼹鼠为这辆车做过些什么,只知道小鼹鼠有辆又新又漂亮的皮鞋车。

　　请以上述故事为例,分小组开展讨论活动,谈谈幼儿文学的基本含义、接受主体、特征和作用等理论,是如何在幼儿文学作品中得以体现的,体会幼儿文学的魅力。

单元二

儿歌
幼儿诗

2

学习目标：

1. 掌握儿歌、幼儿诗的概念；

2. 理解儿歌、幼儿诗的艺术特征，正确区别儿歌和幼儿诗；

3. 了解儿歌和幼儿诗的主要类别和阅读要领。

学一学　基础知识

一、儿歌、幼儿诗的概念、特征与分类

（一）儿歌、幼儿诗的概念

儿歌是适合婴幼儿听赏念唱的简短的歌谣体诗歌，是人一生中最早接触、最易接受的一种文学形式。儿歌以口耳相传的形式传播，给幼儿带来无穷乐趣。

幼儿诗是为幼儿创作的，符合幼儿理解水平与审美情趣，以抒发幼儿情感为主要内容，供幼儿吟诵欣赏的诗歌。

（二）儿歌的特征

1. 语言活泼，音韵和谐，节奏鲜明

儿歌语言要求浅显、易懂。儿歌经常运用摹状、摹声、摹色等表现手法，对人、事、景物做具体描写，突出它们的形态、声音、色彩；也经常运用比喻、夸张、拟人等手法，绘声绘色地进行生动形象的描摹。例如传统儿歌《小耗子》。"小耗子，上灯台，／偷油吃，下不来；／吱儿吱儿叫奶奶；／奶奶不肯来，／叽里咕噜滚下来。"这首儿歌语言浅显、口语化；三五七言的句式排列，错落有致，节奏富于变化；象声词"吱儿吱儿""叽里咕噜"的运用使儿歌的形象生动可爱。

儿歌是听觉艺术。音乐性是儿歌区别于其他幼儿文学样式的最显著的特征。和谐的音律、明朗的节奏能从听觉上给幼儿以美的享受，使他们愉悦。如传统儿歌

《盖花楼》:"盖!盖!盖花楼。/花楼低,碰着鸡。/鸡下蛋,碰着雁。/雁叼米,/碰着小孩就是你。"这首儿歌在文学上没有明确的语义,但语感铿锵悦耳,极富音乐性,备受幼儿喜爱。

2. 形式多样,歌戏结合,富有情趣

儿歌形式的多样化也是众多诗歌不能相比的。传统的儿歌形式有10种以上,现代儿歌形式也有6种以上,这也表明幼儿生活的丰富多彩。

幼儿喜欢游戏,儿歌适应幼儿的生活,具备了游戏性。如传统儿歌的问答歌、滑稽歌、颠倒歌、连锁歌、绕口令、谜语歌都充满了游戏的精神,即使是现代儿歌也融入了游戏的情调,成为引发幼儿情趣的发酵素。如儿歌《家》,语言朴实、浅显易懂,巧妙地运用了叠音,读起来朗朗上口,充满了欢快流畅的情趣,易于为幼儿喜爱和接受。

家
佚 名

蓝蓝的天空是白云的家,
密密的树林是小鸟的家,
绿绿的草地是小羊的家,
清清的河水是小鱼的家,
红红的花儿是蝴蝶的家,
快乐的幼儿园是小朋友的家。

3. 内容浅显,篇幅短小,主题单一

儿歌以幼儿为主要读者对象。幼儿以无意注意为主,注意力很难长时间地集中在某一个事物上。因此,篇幅短小、易记易唱、通俗有趣便成了儿歌的总体特征。

儿歌往往单纯、简洁明白地表达一个意思,让幼儿一听就懂,迅速领悟其中的内涵并受到启迪。如《吃豆豆》:"吃豆豆,//长肉肉,//不吃豆豆精精瘦。"这首儿歌仅用13个字就告诉了幼儿吃饭与成长的关系,内容浅显,明白晓畅。又如张继楼的《小蚱蜢》:"小蚱蜢,//学跳高,//一跳跳上狗尾草。//腿一弹,脚一跷://'哪个有我跳得高。'//草一摇,//摔一跤,//头上跌个大青包。"这首儿歌构思新颖,有简单的情节和鲜明的形象。在短短的篇幅里"跳、弹、跷、摇、摔、跌"等一连串动词的运用,把小蚱蜢得意忘形的行为写得活灵活现、幽默风趣,幼儿读后定能在笑声中心领神会。

（三）儿歌的分类

儿歌有着悠久的历史，在长期流传的过程中，形成了许多固定的形式，以下是主要的九种形式。

1. 摇篮歌

也称摇篮曲、催眠曲，是母亲或成人哄幼儿睡觉时低吟哼唱的歌谣。它是最早进入婴儿生活领域的文学样式，由口头流传而逐渐进入作家创作的领域。其特点是节奏舒缓柔美，音韵和谐抒情。如黄庆云的《摇篮》。

摇 篮
黄庆云

蓝天是摇篮，
摇着星宝宝，
白云轻轻飘，
星宝宝睡着了。

大海是摇篮，
摇着鱼宝宝，
浪花轻轻翻，
鱼宝宝睡着了。

花园是摇篮，
摇着花宝宝，
风儿轻轻吹，
花宝宝睡着了。

妈妈的手是摇篮，
摇着小宝宝，
歌儿轻轻唱，
宝宝睡着了。

作者用比喻、拟人的手法,通过"蓝天、大海、花园、妈妈的手"这四幅优美的画面,营造出诗一般的意境,宁静而幽远。在母亲轻柔舒缓、和谐深情的吟诵中,幼儿逐渐进入甜美的梦乡。

2. 问答歌

也叫对歌。它以设问作答的方式,启发幼儿思考和观察事物,又使他们获得快乐和满足。问答歌往往被作为幼儿的群体游戏形式,可一问一答,也可一问几答或几问几答。问答歌形式活泼,句式简单,趣味无穷,是增长知识、培养幼儿创造力和敏捷性的好形式。如《谁会爬?》。

谁 会 爬?
佚 名

谁会爬?
虫会爬。
虫儿怎样爬?
许多脚儿向前爬。
谁会游?
鱼会游。
鱼儿怎样游?
摇摇尾巴点点头。
谁会跑?
马会跑。
马儿怎样跑?
四脚离地身不摇。
谁会飞?
鸟会飞。
鸟儿怎样飞?
张开翅膀满天飞。

3. 连锁歌

也叫连锁体或连锁调。它的结构特点是采用顶真的手法，以上一句末尾的词作为下一句开头的词，首尾相接，环环相扣，颇富情趣。如樊家信的《孙悟空打妖怪》。

孙悟空打妖怪
樊家信

唐僧骑马咚那个咚，
后面跟着个孙悟空。
孙悟空，跑得快，
后面跟着个猪八戒。
猪八戒，鼻子长，
后面跟着个沙和尚。
沙和尚，挑着箩，
后面跟着个老妖婆。
老妖婆，心最毒，
骗过唐僧和老猪。
唐僧老猪真糊涂，
是人是妖分不出。
分不出，上了当，
多亏孙悟空眼睛亮，
眼睛亮，冒金光，
高高举起金箍棒。
金箍棒，有力量，
妖魔鬼怪消灭光。

4. 颠倒歌

也叫滑稽歌、古怪歌。它故意颠倒事物的正常关系和各自特征，把自然界或社会现象有意地扭曲，造成荒唐、古怪的感觉和诙谐、滑稽的情趣，达到以反衬正的目的。这类歌体较少文学意味。如《颠倒歌》两首：

颠 倒 歌
佚 名

咬牛奶,喝面包,
夹着火车上皮包。
东西街,南北走,
出门看见人咬狗。
拿起狗来打砖头,
又怕砖头咬我手。

颠 倒 歌
佚 名

颠倒歌,说颠倒,
石榴树上结红桃,
杨柳树上结辣椒,
吹着鼓,打着号,
木头沉到底,
石头水上漂。
小鸡叼了秃老鹰,
老鼠抓住大花猫,
你说好笑不好笑。

5. 数数歌

这是将数字与歌谣形式结合起来的一种游戏儿歌,它能够帮助幼儿理解数的概念,同时也能丰富幼儿的知识,拓展他们的视野。如盖尚铎的《数角》。

数 角
盖尚铎

一头牛,两只角,
两头牛,四只角,
三头牛,几只角?
别急,别急,
请看好——
要是牛犊没长角。

一张桌,四个角,
两张桌,八个角,
三张桌,几个角?
别急,别急,
请数好——
就是圆桌没有角。

《数字歌》在幼儿园实用;《数一数》普及量词,我们的学生也正需要。

数 字 歌
郭明志

"1"像铅笔细长条,

数 一 数
寒 枫

一条虫,两条虫,

"2"像小鸭水上漂，　　小虫喜欢钻洞洞。
"3"像耳朵听声音，　　三头猪，四头猪，
"4"像小旗随风摇，　　肥猪睡觉打呼噜。
"5"像秤钩来称菜，　　五匹马，六匹马，
"6"像豆芽咧嘴笑，　　马儿一跑呱嗒嗒。
"7"像镰刀割青草，　　七只鸡，八只鸡，
"8"像麻花拧一遭，　　公鸡打鸣喔喔啼。
"9"像勺子能吃饭，　　九朵花，十朵花，
"0"像鸡蛋做蛋糕。　　桃花树下是我家。

6. 绕口令

又称拗口令、急口令。它是利用一些读音相近的字词造成语音拗口的儿歌。由于拗口，又要求清晰、正确、快速、流畅地念出，如果读得又快又准，就会感到极大的乐趣。绕口令是一种很巧妙的语言游戏，还可以训练幼儿口齿清楚和吐字辨音的能力。如《醋和布》。

醋　和　布
佚　名

有个小孩张小路，
上街打醋又买布。
买了布、打了醋。
回头看见鹰抓兔。
放下布，搁下醋，
上前去追鹰和兔。
飞了鹰、跑了兔，
打翻醋、醋湿布。

这首绕口令插入一定的情节，内容生动而风趣。幼儿在吟诵的同时获得了快乐。

7. 游戏歌

这类儿歌是配合幼儿游戏活动的。比如在幼儿中广泛流传的《拍手歌》。两个

小朋友相互配合,借助动作、手口一致地按着明快的节奏和韵律进行朗读。

拍 手 歌
佚 名

你拍一,我拍一,一个小孩坐飞机。
你拍二,我拍二,两个小孩梳小辫。
你拍三,我拍三,三个小孩爬雪山。
你拍四,我拍四,四个小孩写大字。
你拍五,我拍五,五个小孩敲锣鼓。
你拍六,我拍六,六个小孩吃石榴。
你拍七,我拍七,七个小孩穿新衣。
你拍八,我拍八,八个小孩吹喇叭。
你拍九,我拍九,九个小孩齐步走。
你拍十,我拍十,动手动脑长知识。

8. 谜语歌

以歌谣的形式提供谜面,让幼儿猜谜的儿歌,它是一种语言游戏,也是一种智力竞赛游戏。谜语歌有三部分:谜面、谜底、谜目。谜面是描述被猜事物特征的歌谣,谜底就是被猜的事物,谜目是对谜底的提示(打一……)。猜谜是幼儿喜欢的智力活动,既能满足幼儿的好奇心和好胜心,又能发展幼儿的智力和语言能力。如以"花生"为谜底的谜语,谜面是这样的:"麻屋子,红帐子,里面睡个白胖子。"谜语运用了比喻、拟人的手法,通过形象化的语言把花生的特点准确地描述出来,同时又把花生这一事物隐蔽起来,让幼儿猜测。在猜测的过程中,既能加深幼儿对花生特征的理解,又能丰富幼儿的语言,还能使幼儿体会到猜谜的乐趣,可谓一举多得。

有个老公公,　　　　　　有时落在山腰,
天亮就开工,　　　　　　有时挂在树梢,
你若不见他,　　　　　　有时像面圆镜,
不是下雨就刮风。　　　　有时像把弯刀。
(谜底:太阳)　　　　　　(谜底:月亮)

9. 字头歌

这是一种每句末尾的字词完全相同的儿歌。这类儿歌用同一个字做韵脚，句句押韵，一韵到底，它包括：子字歌、头字歌、儿字歌等。如程逸汝的《砍蚊子》。

砍 蚊 子

程逸汝

树下铺张大席子，　　狗熊睡上一阵子，
飞来一只大蚊子，　　吓得狗熊缩脖子。
狗熊气得拿斧子，　　用足力气砍蚊子，
砍出一身汗珠子，　　还没砍着大蚊子。
狗熊不肯动脑子，　　两脚一蹬扔斧子，
急急忙忙卷席子，　　卷起席子当帐子。

这首"子字歌"，每句以"子"字结尾，让幼儿知道字头歌的特征。

（四）幼儿诗的特征

幼儿诗所透出的幼儿活泼的天性、不受束缚的幻想及成长过程中的各种情绪，与成人诗复杂、深沉、隐藏、朦胧的特点有着明显的区别。幼儿诗的艺术特征主要表现在以下三个方面：

1. 抒发幼儿的情感

诗作为一种文学样式，注重自我内心，幼儿诗抒发的是幼儿自然率真的情感。如高洪波的幼儿诗《鹅鹅鹅》和《我喜欢你，狐狸》，都道出了幼儿欲言而不能的内心感受。前者展现了幼儿真切而丰富的内心世界，唱出了幼儿的心声；后者表现了幼儿强烈的个性色彩，自然率真。

2. 描绘清晰可感的诗歌形象

幼儿诗通过诗歌形象来抒发诗人的内心感受，以达到反映生活的目的。幼儿诗作者总是致力于描绘清晰可感的诗歌形象，让幼儿在具体的画面中感受诗情和诗意。例如鲁兵的童话诗《小猪奴尼》和圣野的《夏弟弟》中一个个具体、可感、逼真的诗歌形象，唤起了幼儿的审美感受，引发幼儿的无限遐想。

3. 富有幼儿情趣的巧妙构思

优秀的幼儿诗总是以多样化的艺术手法和精巧的构思，真切、艺术地表现幼儿独特的内心世界和他们天真、热诚、活泼、敏捷及任性的行为，以乐观积极的笔调托起童心和童趣。如台湾诗人谢武彰的《梳子》："妈妈用梳子，/梳着我的头发；/我也用梳子，/梳着妈妈的头发；/风是树的梳子，/梳着树的头发；/船是海的梳子，/梳着海的头发。"这首诗就是从平常的生活写起，然后出人意料地远远展开，写树、写海，而用梳子串起来的就是孩子的眼睛、心灵和有限的生活体验了。

幼儿诗的构思最关键的是要捕捉最能表现核心情感的集中意象，以包含尽可能大的生活和感情能量。如黎焕颐的《春妈妈》是这样写的："春，是花的妈妈。/红的花，蓝的花，/张开小小的嘴巴，/春妈妈/用雨点喂她……"诗人抓住了妈妈哺育孩子这一意象，集中表达了对春天的感受，童趣盎然，意境清雅。诗人正是因为熟悉幼儿富于想象的心理特征，才使他的作品充满迷人的童话般的色彩。

（五）幼儿诗的分类

幼儿诗以不同的标准进行分类就会有不同的类别。以文学创作手法为标准，有抒情诗和叙事诗之分。

1. 幼儿抒情诗

它是侧重直接抒发幼儿内心情感的诗。幼儿抒情诗或直抒胸臆，或借景抒情或托物言志，也常常多种情况同时存在。如望安的《雪花》。

2. 幼儿叙事诗

它是借助典型细节和场面来刻画形象、表达感情的诗。它的情节具有跳跃性，而不同于小说和故事把事情的来龙去脉介绍得很清楚。这类诗在幼儿诗中所占数量很大，根据故事的不同又可分为：幼儿生活叙事诗、幼儿童话诗和幼儿寓言诗。如柯岩的《小弟和小猫》。

（1）幼儿生活叙事诗

它是以诗歌的形式来叙述生活故事的诗。如：任溶溶的《爸爸的老师》、傅天琳的《我是男子汉》等都是幼儿生活叙事诗。

（2）幼儿童话诗

它是以诗歌的形式来叙述童话故事的诗。如鲁兵的《小猪奴尼》、普希金的《渔夫和金鱼的故事》。

（3）幼儿寓言诗

它是以诗歌的形式来叙述寓言故事的诗，既可作为寓言的一类，也可作为寓言诗的一类。

（4）幼儿讽刺诗

它以夸张讽刺的手法，针对幼儿生活中不良的现象和习惯进行委婉的批评和善意的嘲讽，诙谐幽默。张秋生的《半个喷嚏》、任溶溶的《强强穿衣服》都是讽刺诗。

二、儿歌、幼儿诗的区别

儿歌和幼儿诗合称幼儿诗歌，两者之间既有联系也有区别。

儿歌有着悠久的历史传统，它来自民间口传文学，古老的童谣为儿歌的艺术风格奠定了基础，为儿歌的创作提供了丰富的经验。儿歌通俗有趣，诙谐幽默，并在流传的过程中形成了固定的形式。

儿歌有相对固定的形式，多有较为整齐的句式和韵律；幼儿诗在形式上更为自由，不受句式、押韵和篇幅长短的限制。

儿歌追求朗朗上口的节奏和韵律，许多民间流传的作品对内容的要求相对不高，幼儿得到的是有节奏的朗读快乐；幼儿诗多蕴含着稚朴的童趣，抒发出浓浓的情感，带给幼儿美的享受和艺术的熏陶。

儿歌多用口语表达，通俗自然，表达直白；幼儿诗则是用凝练的语言，注重意境的营造，其表达也是含蓄的。

儿歌适合的读者群是低龄幼儿，幼儿诗适合的读者群是年龄偏大的幼儿。

读一读　作品欣赏

一、儿歌的阅读欣赏指导

1. 抓住儿歌特征品味儿歌

对传统儿歌的游戏性质要加以揣摩，对儿歌的诙谐幽默的风格也要引导幼儿感受，让他们在笑声中得到感悟，在快乐中学习语言，在不知不觉中培养乐观开朗的性格。对于知识性的儿歌应联系所学的知识进行说唱，利用多种感官如动脑、动口、动手相互配合进行效果更佳。

2. 结合表达技巧欣赏儿歌

欣赏儿歌之美最重要、最基本的途径和方法是：说唱、表演、游戏。欣赏儿歌时，大家一起边唱边玩儿，是儿歌教学中不可缺少的环节，也是提高幼儿保育专业学生素质的可行方法。

3. 针对幼儿心理鉴别儿歌

现有的儿歌水平参差不齐，幼儿教师应该以各年龄段幼儿的接受能力和兴趣爱好为标准，选择合适的优质儿歌进行赏析。站在幼儿的角度，深入感受儿歌，让作品先感动自己，再感动幼儿。

二、幼儿诗的阅读欣赏指导

在幼儿诗的创作中，诗人精炼文字，用准确、精要的语言来表情达意，运用多种艺术手法来塑造诗歌形象、传达感受和体验，以唤起读者的审美感受。可以从以下四个方面来欣赏幼儿诗。

1. 通过吟诵感受纯真情感

幼儿诗需要有感情地反复朗诵，这是体会意蕴、声韵、节奏的最好方法，也是深入感受幼儿诗情感的有效途径。朗诵是幼儿诗教学的重要环节，教师可以班级为单位组织"幼儿诗歌朗诵会"，锻炼学生表演幼儿文学作品的能力，提高幼儿保育专业学生的专业水平。

2. 对意象进行分析、理解，再现诗歌意境

例如董恒波的一首小诗《云姐姐》。"云姐姐把裙子弄脏了，/她洗呀，洗呀，/把水滴洒到了地上。/啊，它的白裙子洗得多白哟！/晾在山腰上。"这首诗完全从幼儿的眼光和心理出发，运用拟人的手法，短短五句诗，把下雨的过程及前后天空的变化，比做爱清洁的云姐姐在洗裙子，多么富有想象力。一会儿是乌云翻滚，一会儿是大雨滂沱，一会儿又是雨过天晴，意象跳跃恣肆，语言凝练传神，一个"晾"字，意境顿生，雨后的蓝天、白云缭绕山间的画面浮现在眼前，清新澄净，美不胜收。

3. 分析幼儿诗表现的艺术手法

对通感、象征、比喻、拟人、借代等运用的理解，有助于体会感情，也容易感受幼儿诗自由的形式美。

4. 寻找"诗眼",品味诗歌的言外之意

诗人在创作中在字词的锤炼上下功夫,那些灵动、贴切、有张力的关键性的词语,往往是诗歌的点睛之笔,咀嚼品味,可使读者获得诗歌独有的美感。在周晓荣《太阳蹦上来了》这首诗中,"太阳娃娃高兴了／一个跟头／蹦上了高高的蓝天……"一个"蹦"字,写出了太阳喷薄而出的一刹那的壮观景象,生动传神,耐人寻味。

三、优秀儿歌、幼儿诗导读

1

小刺猬理发
鲁兵

小刺猬,
去理发,
嚓嚓嚓,
嚓嚓嚓,
理完头发瞧瞧他,
不是小刺猬,
是个小娃娃。

[导读] 这首儿歌构思极巧,寓教于乐。儿歌最初让人以为是给"小刺猬"理发,读到后面才发现原来作者是在谈"爱清洁",主题融入浓浓的幼儿情趣中,"嚓嚓嚓,嚓嚓嚓"六个象声词简洁、生动地描绘出理发的全过程。

2

扮老公公
圣野

老公公,
出来了,
白胡子,
白眉毛,
点点头,
弯弯腰。

[导读] 这首儿歌绝大部分是三言,节奏活泼明快。儿歌中有幼儿扮演老公公的情节,体现出幼儿喜欢模仿这一特征。摹状手法的运用,生动地描摹出一个活泼可爱、稚拙天真的幼儿形象。

脚一滑,
摔一跤,
一摸胡子掉下了,
乐得大家哈哈笑。

3

吃饼干
郑春华

饼干圆圆,
圆圆饼干,
用手掰开,
变成小船。

你吃一半,
我吃一半。
啊呜一口,
小船真甜。

[导读] 这首儿歌句式整齐,音韵和谐。儿歌体现极强的游戏精神,吃饼干的过程也是游戏的过程。第一句"饼干圆圆",紧接着第二句是"圆圆饼干",这看似重复的话语,却正好体现出幼儿的兴趣爱好,边吃边玩,又吃又玩。"小船"的比喻,让我们感受到幼儿诗意的眼光。"啊呜一口",又仿佛是天籁之音。

4

月亮弯弯坐一桌
湘雄

橘子开花一朵朵,
橘子结果青壳壳。
秋风摸摸它,
变成黄壳壳;
太阳亲亲它,
又变红壳壳。
打开红壳壳,

[导读] 这首儿歌采用拟人的手法,把橘子从开花、结果到成熟这一过程,化作了生动可感的形象;"秋风""太阳"就像关注幼儿成长的保教人员和家长,"摸摸""亲亲"体现了保教人员和家长对孩子们的关心和爱抚;而"月亮弯弯坐一桌",既是橘子剥开后的形象写照,又像是相亲相爱的孩子们,读来亲切、有趣。"一朵朵""青壳壳""黄壳壳""红壳壳"这些叠音词又给人以听觉上的享受。

月亮弯弯坐一桌。

5

我给小鸡起名字

任溶溶

一二三四五六七，
妈妈买了七只鸡。
我给小鸡起名字：
小一，
　小二，
　　小三，
　　　小四，
　　　　小五，
　　　　　小六，
　　　　　　小七。
小鸡一下都走散，
一只东来一只西。
于是再也认不出：
谁是小七，
小六，
　小五，
　　小四，
　　　小三，
　　　　小二，
　　　　　小一。

［导读］这是一首传统形式的儿歌——数字歌。像楼梯一样排列的句式，给人留下深刻的印象。

6

我是家庭小主人
佚 名

妈妈洗衣服，
我来拿衣架。
爸爸回到家，
我去倒杯茶。
爷爷看报纸，
我把眼镜拿。
奶奶看电视，
扶她坐沙发。
我是家庭小主人，
样样事情都参加。

[导读] 这是一首现代生活儿歌，让"我"参与家里的活动，培养幼儿热爱家的情感，而"我"的形象真实可爱，对幼儿有一定的启发。

7

月亮藏猫猫
滕毓旭

月亮月亮藏猫猫，
躲进云里找不到。

风儿娃娃有办法，
鼓着嘴巴吹开了。

吹一下，云儿跑，
吹两下，云散了。

月亮月亮藏不住，
咧着嘴巴咯咯笑。

[导读] 这是一首七言儿歌，押韵整齐。月亮机灵地藏着，风儿娃娃动脑筋地找着，嘻嘻哈哈，我们仿佛听到了来自风儿的欢叫声、来自月亮的嬉笑声，令人遐想无限。

8 排　好
郑春华

排好，排好，
小狗，小猫，
小白兔别跳！
小黑马别跑！
我们排好队，
一起做早操。
花鹿姐姐喊口令，
脖子伸得高又高。

[导读] 这首儿歌运用拟人的手法，把小狗、小猫等一群小动物写得活灵活现，让人感到亲切自然，就像活泼好动的小朋友做早操一样。语言浅显、质朴，读起来却有声有色，韵味十足。

9 小 豆 芽
吴　铖

小豆芽，
歪歪嘴，
胖嘟嘟儿没长腿。
没长腿，
咋走路，
蹲在水里打呼噜。
睡一觉，
醒来了，
伸出小脚踩高跷。

[导读] 这是一首三三七言的儿歌。儿歌把发豆芽的过程艺术化了，运用拟人的表现手法塑造了一个可爱俏皮的小豆芽形象，那"歪歪嘴""胖嘟嘟"的模样深入人心，"打呼噜""踩高跷"的比喻又惟妙惟肖。

10 矮矮的鸭子
谢武彰

一排鸭子,个子矮矮,
走起路来,屁股歪歪。

翅膀拍拍,太阳晒晒,
伸长脖子,吃吃青菜。

一排鸭子,个子矮矮,
走起路来,屁股歪歪。

[导读] 这首儿歌以幼儿的心态、幼儿的视角,从鸭子的外形、动作、情态等几方面进行提炼,反复吟唱能让幼儿回味无穷,妙趣横生。

11 圆圆和圈圈
郑春华

有个圆圆,
爱画圈圈,
大圈像太阳,
小圈像雨点。

晚上,圆圆睡了,
圈圈很想圆圆,
悄悄地、慢慢地,
滚进圆圆梦里面——

一会儿变摇鼓,
逗着圆圆玩;
一会儿变气球,
围着圆圆转……

[导读] 这首幼儿诗有着丰富的想象:梦境与现实交织在一起;抽象的圆圈幻化成太阳、雨点、摇鼓、气球和苹果,具体而又生动,符合幼儿认识事物的规律。圆圈的多变,正是一个爱动的幼儿所特有的想象。诗的叙事简洁,节奏轻快,读时让人产生一种愉悦的美感。

圆圆睡醒了，
圈圈眨眨眼，
变成大苹果，
躲在枕头边。

12 林中
金波

小鸟飞上树梢，
叽叽喳喳地叫。
它说，是它的歌，
唤醒了绿的树芽、
红的花苞。

小树不停地摇，
不停地摇。
它说，是它
绿的嫩芽，
红的花苞，
引来了小鸟。

你听树林里，
整个春天，夏天，
就这样热闹。

［导读］这首诗描绘出幼儿眼中的树林：小树、小鸟在红花、绿芽间争吵，热闹而富有诗意，表达了幼儿对大自然的热爱之情。诗中的热闹一定会感染每一个小读者。

13 自己去吧
李少白

小猴说:"妈妈,
我要吃果子!"
"树上多着哩,
自己去摘吧!"
这样,
小猴学会了爬树。

小鸭说:"妈妈,
我要洗澡。"
"池塘大着哩,
自己去洗吧。"
这样,
小鸭学会了游泳。

小鹰说:"妈妈,
山那边有什么呀?"
"风景可美哩,
自己去看吧。"
这样,
小鹰学会了飞翔。

[导读] 这首诗以三段对话结构,形式新颖,既抓住了动物的特征,又阐释了深刻的道理。"孩子要成才,妈妈要放手",意蕴相当深远。

14 小猪奴尼
鲁兵

有只小猪,
叫做奴尼。

[导读] 这是一首童话诗,适合分角色朗诵。诗人运用拟人的手法,塑造了一个顽皮淘气又有趣可爱的小猪形象。诗中简洁明快的短句、整齐的押韵、鲜明的节奏感,读来朗朗上口,听来悦耳

妈妈说:"奴尼,奴尼,
你多脏呀!快来洗一洗。"
奴尼说:"妈妈,妈妈,
我不洗,我不要洗。"
妈妈挺生气,
来追奴尼。

奴尼真顽皮,
逃东逃西,
扑通——
掉进泥坑里。
泥坑里面,
尽是烂泥,
奴尼又翻跟头又打滚,
玩了半天才爬起。
一摇一摆回家去,
吓得妈妈打了个大喷嚏。
"阿——嚏,你是谁,
我不认得你。"
"妈妈,妈妈,
我是奴尼,我是奴尼。"
"不是,不是,
你不是奴尼。"
"是的,是的,
我真的是奴尼。"
"出去,出去!"
妈妈发了脾气。
"你再不出去,
我可不饶你。
扫把扫你,畚箕畚你,

动听,富有音乐美。诗的主题"勤洗澡,爱清洁,讲卫生"完全融合到鲜明有趣的情节、形象之中,含而不露,让幼儿在欢声笑语中受到教育,达到"润物细无声"的效果。

当做垃圾倒了你。"

奴尼逃呀,逃呀,
逃出两里地。
路上碰见羊姐姐,
织的毛衣真美丽。
"走开,走开!
别碰脏我的新毛衣。"
路上碰见猫阿姨,
带着孩子在游戏。
"走开,走开!
别吓坏我的小猫咪。"
最后碰见牛婶婶,
在吊井水洗大衣。
"哎呀,哎呀!
哪来这么个脏东西?
快来,快来!
给你冲一冲,洗一洗。"
冲呀冲,
洗呀洗……
井水用了一百桶,
肥皂泡泡满天飞。
洗掉烂泥,
是个奴尼。

奴尼回家去,
妈妈真欢喜。
"奴尼,奴尼,
你几时学会了自己洗?"
奴尼,奴尼,

鼻子翘翘,眼睛挤挤。
"妈妈,妈妈,
明天我要学会自己洗。"

15

雨　　娃
徐焕云

雨娃,雨娃,
抱住细长的竿儿,
直往下滑。

雨娃,雨娃,
天上那么好玩,
到地上来做啥?

沙沙,沙沙,
妈妈叫我下来,
看看绿草红花,
等太阳爷爷出来,
我就回家。

[导读] 诗人运用丰富的想象将下雨这一自然现象写得新奇有趣。雨,是幼儿眼中的雨,第一节写雨是顽皮好动、活泼可爱的小娃娃。雨丝变成了细长的竿,而下雨就是雨娃顺竿自天而降。在第二节中,幼儿提出问题,表现出天真好奇的特征。第三节雨娃和幼儿对上话了,阳光雨水,绿草红花,妈妈和家,读来自然、亲切。

16

日　　出
林焕彰

早晨,
太阳是一个娃娃,
一睡醒就不停地
踢着蓝被子,

[导读] 这是一首抒情小诗,新颖别致。诗人以幼儿的眼光,把太阳冉冉升起比作一个早晨起床的小娃娃。他有圆圆胖胖的脸儿,惹人喜爱;顽皮好动的性格,得到幼儿的认同。

很久很久，才慢慢慢慢地
露出一个
圆圆胖胖的
脸儿。

17

雷公公和啄木鸟
圣 野

我装雷公公，
轰轰轰！
去敲奶奶的门，
敲了老半天，
敲得越是响呀，
里面越没有声音。
我做啄木鸟，
笃笃笃！
请奶奶给我开开门，
奶奶奔出来，
像闪电一样，
欢欢喜喜接小孙。
奶奶，奶奶，
雷公公声音大，
为什么听不见？
啄木鸟声音小，
为啥倒听得见？
奶奶告诉我，
当我像小强盗的时候，
她的耳朵就聋了；
当我像小客人的时候，

[导读] 幼儿的提问，天真、引人思考；奶奶的回答，耐人寻味、给人启迪。诗人运用对比的手法，借助雷公公、啄木鸟、小强盗、小客人这一系列生动的形象，将"讲文明，懂礼貌"这一主题蕴含其中，既通俗易懂又含义深刻。

她的耳朵就不聋。

18

鱼儿睡在哪里
［苏联］托克玛科娃
　韦　苇　译

夜里很黑。夜里静悄悄。
鱼儿，鱼儿，
你在哪里睡觉？

狐狸往洞里躲。
狗钻进了自己的窝。
松鼠溜进了树洞。
老鼠溜进了地洞。

可是，河里，水面，
哪儿也找不到你的身影。

黑咕隆咚的，静悄悄的，
鱼儿，鱼儿，你睡在哪里？

［导读］这首诗用提问来表达幼儿对鱼儿，也是对大自然的关切。为了把这份感情表现得充分，作者拉进了狐狸、狗、松鼠、老鼠这些居所可以说清的动物来做陪衬，别的动物有安睡的地方，鱼儿也应当有。但是鱼儿睡在哪里，幼儿确实说不清，于是幼儿才更关切，这种关切之心又用开头和结尾的重复来传达。这样会关心鱼的幼儿，人们自然可以相信他更会关心自己的亲人、自己的伙伴。幼儿这种推己及鱼的感情是十分珍贵的。

19

水城威尼斯
［意大利］姜尼·罗大里
　任溶溶　译

水面上一座古桥，
一个月亮在古桥上挂。

［导读］威尼斯的魅力在水上，水的魅力又集中体现在古桥上，而古桥的魅力最为迷人又在夜间，当一轮明月挂上桥头时，在远望那古桥和明月以及它们的倒影上。如何拿这样的一幅魅力无穷的

水面下一座古桥，
一个月亮挂在古桥下。

天上一眨一眨的是星星，
水的下面星星一眨一眨。

你说哪一座古桥是真？
你说哪一个月亮是假？

图画去接近幼儿呢？用两个问题让幼儿来辨别两座古桥两个月亮的真假，"于是"又无意中写出了幼儿天真和幼稚的可爱。

20

我 学 写 字
[比利时] 莫·卡列姆
韦苇 译

当我学着写"小绵羊"，
一下子，树呀，房子呀，栅栏呀，
凡是我眼睛看到的一切，
就都弯卷起来，像羊毛一样。

当我拿笔把"河流"
写上我的小练习本，
我的眼前就溅起一片水花，
还从水底升起一座宫殿。

当我的笔写好了"草地"，
我就看见在花间忙碌的蜜蜂，
两只蝴蝶旋舞着，
我挥手就能把它们全都兜进
网中。

[导读] 在诗中，将孩子学写字所引起的一系列联想融为一体：学写"小绵羊"，看到的一切"都弯卷起来，像羊毛一样"；学写"河流"，"眼前就溅起一片水花，还从水底升起一座宫殿"；学写"草地"，看见了"花间忙碌的蜜蜂""两只蝴蝶旋舞着"；学写"爸爸"，想到自己"个儿最高，身体最棒，什么事我都能干得顶呱呱"。诗句洋溢着幼儿天真欢快的情绪，毫无矫揉造作之感，读起来意趣无穷。

要是我写上：我的爸爸，
我立刻就想唱唱歌儿蹦几下，
我个儿最高，身体最棒，
什么事我都能干得顶呱呱。

练一练　表达指导

　　作品表达指导是对前面所学知识的巩固和提高，在练习的同时，应熟记作品，为今后的教学工作做好准备。

　　保教人员要做幼儿文学的传播者，就必须掌握好作品的表达技巧。让自己生动、精彩的演绎如丝丝春雨，去滋润我们祖国的花朵。

　　表达符号说明：

"·"表示重读　　　　　"//"表示停顿　　　　　"⌒"表示连读
"——"表示快速　　　　"∼∼∼"表示慢速　　　　"↘"表示降调
"↗"表示升调　　　　　"∨∧"表示曲折调
"( )"表示体态语　　　　"〈 〉"表示情绪及声音提示

一、儿歌、幼儿诗的朗读

　　儿歌是幼儿最早接触到的文学样式，这类作品大都浅显易懂，是小朋友喜爱的文学作品。

（一）划分节奏

　　中国的古典格律诗非常讲究节奏，在朗读时，句中的停顿应做到声断气连，一句一呼，而不能声断气断，也就是把强调停顿前一字音稍稍拉长，才能略有吟诵的味道，这样更能体现出古典诗词的音韵美和节奏感。例如李白的《静夜思》《望庐山瀑布》。

静 夜 思
李 白

床前//明月光，床前//明月光，
疑是//地上霜。疑是//地上霜。
举头//望明月，举头//望//明月，
低头//思故乡。低头//思//故乡。

望庐山瀑布
李 白

日照//香炉//生紫烟，日照香炉//生紫烟，
遥看//瀑布//挂前川。遥看瀑布//挂前川。
飞流//直下//三千尺，飞流直下//三千尺，
疑是//银河//落九天。疑是银河//落九天。

儿歌鲜明的节奏感，给人以读诗如唱的明快感觉，使幼儿在朗读的同时获得美感。儿歌的节奏明快，朗朗上口。可一字一拍，节奏保持不变，也可用说的口吻（稍慢）来念。

幼儿诗有的比较规整，有的更像自由诗，应根据表达需要划出节奏，可用说的口吻来朗读。如江日的《长不大的妈妈》。

长不大的妈妈
江 日

照片上//有一个
没长大的//妈妈，
扎着蝴蝶结，
戴着小绒花。
妈妈要是//不长大，
那该//多好啊！
手拉手儿//去上学，
我俩都做//乖娃娃。

（二）充满童心，想象丰富

童心如水晶一样透明。我们在朗读时要怀着一颗童心，用幼儿的视角来观察世界，用幼儿的感受来朗读作品，这样在表达上更接近幼儿，更好地把自己的情感传递给听者，更容易被幼儿所接受。如蒲华清的《小雪花》。

小 雪 花
蒲华清

小雪花，想妈妈，
张开翅膀飞地下，
妈妈怀里甜甜睡，
梦见自己正长大……
春姑娘，来找它，
只见遍地小红花。

这首诗是让幼儿了解一种自然现象。我们在阅读时应联想到雪花的洁白轻盈和小红花的艳丽，从而展现出一幅冰雪融化、滋润大地，小红花争相竞开的瑞雪迎春图。

（三）有角色感

在表达时，还应注意自己所扮演的角色。通过分析作品，找准自己表达时的定位，并随着作品里的具体叙述及人物的变化而变化。如雨雨的《问奶奶》。

问 奶 奶
雨 雨

（我）那天我摔得很重，
　　　您捧着我的脸，
　　　一边摸，一边说，
（奶奶）"不痛，不痛。"
（我）可奶奶您为什么哭了？
　　　那次您住在医院，
　　　我和爸爸去看您，

　　　　　　　我把大狗熊拿给您，
（奶奶）您说："不，不，奶奶不玩这个。"
（我）可奶奶您为什么要笑呢？
　　　　　　　奶奶，您说我年纪小，记性好，
　　　　　　　您还说您老了，记性不好了，
　　　　　　　可我很小的时候好多好多的事儿，
　　　　　　　我自己一点儿也记不起来，
　　　　　　　您为什么记得那么清楚呢？
（"我"用小孩天真的语调来表达，"奶奶"用老人和蔼、慈祥的语调来表达）

二、儿歌、幼儿诗的作品表达指导

　　儿童诗体态语、情绪及声音提示标注在作品的右侧，其余作品体态语、情绪及声音提示标注在作品文字下方。

① 小 雨 点
唐邑丰

小雨点，//沙沙沙，　　　　〈轻柔地〉
落在//花池里，　　　　　　（半蹲，手为开花动作）
花儿乐得//张嘴巴。　　　　（拍手、摇头一边一次，做四次）〈欢快地〉

小雨点，//沙沙沙，
落在//鱼池里，　　　　　　（半蹲，手在身体两侧自然打开）
鱼儿乐得//摇//尾//巴。　　（双手在身体后侧做鱼游动作）〈活泼地〉

※ 语音提示：落（luò）　乐得（de）　尾巴（ba）
※ 朗读提示：轻柔地，舒缓地。

小雨点

2

老鼠吃"西瓜"
刘金龙

小老鼠，馋嘴巴，　　　　　　　　　　（食指指着嘴）
把气球，当西瓜。　　　　　　　　　　（手臂伸直，手心相对，抱东西状）
牙齿咬，瓜子抓，　　　　　　　　　　（做咬和抓的动作）
啪——　　　　　　　　　　　　　　　（惊讶状）〈拟声〉
崩掉老鼠//两//颗//牙。　　　　　　　（伸出食指、中指）

※ 语音提示：馋（chán）　牙齿（chǐ）　崩（bēng）掉
※ 朗读提示：欢快地。

3

井里的小青蛙
佚 名

一口古井里，　　　　　　　　　　　　（单手点指身体侧前方）
住着一只//小青蛙。　　　　　　　　　（双手五指张开，屈肘放在头的两侧）
除了睡觉吃东西，　　　　　　　　　　（双手合拢放在脸的一侧，睡觉状）
只会//呱呱呱。　　　　　　　　　　　（双手五指张开，屈肘放在头的两侧）
小青蛙吃饱了，
就拍着肚子//说大话：　　　　　　　　（得意状）
"哎呀，我的妈，　　　　　　　　　　〈夸张地〉
这地方//就是我的家。
天//只有井口大，　　　　　　　　　　（抬头，单手指斜上方）
地//只有水一洼，　　　　　　　　　　（稍低头，单手指地）
过几天，我长大，
这世界//连我的肚子//也装不下。"　　〈得意扬扬地〉

※ 语音提示：东西（dōng xi）　地方（dì fang）

※ 朗读提示：这首儿歌根据寓言故事《井底之蛙》改编。朗读时，应注意用较夸张的声音，表现青蛙的无知和自大，体现诗歌的活泼生动。

4 春　雨
刘饶民

滴答，滴答，	（抬头看天）〈拟声〉
<u>下小雨啦！</u>	（双手伸出做接雨状）〈欣喜地〉
种子说：	
"下吧，下吧，我要发芽。"	（眼睛注视斜上方）〈耳语〉
梨树说：	
<u>"下吧，下吧，我要开花。"</u>	（抬头）〈急切、明亮、清脆〉
麦苗说：	
"下吧，下吧，我要//长大。"	（双手上举掌心朝上）〈柔和〉
小朋友说：	
"下吧，下吧，我要种瓜。"	〈呼喊〉
滴答，滴答，	（抬头）〈拟声〉
下小雨啦！	〈声音渐弱〉

春雨

※ 语音提示：梨树（shù）　长（zhǎng）大　种（zhòng）瓜
※ 朗读提示：轻快地。

5 我要自己走
佚　名

妈妈，妈妈，你快撒手，	〈急切地〉
我要//自己走。	（抬头、挺胸，做走路状）
你看//小燕儿能飞，	（手指天空）

小兔儿能跳，　　　　　　　　　　　（用视觉指示下列几个动作或做跳、跑、游的动作）

小狗儿能跑，
小鱼儿能游……
我为什么不能自己走？↗　　　　　〈急切地〉
妈妈，妈妈，你快∥撒手。　　　　〈呼喊〉

※ 语音提示：能（néng）　撒（sā）手
※ 朗读提示：热情、活泼地。

6

自己去吧
李少白

小猴说："妈妈，我要吃果子！"　　（手指斜上方）〈明亮〉
"树上多着哩，自己去摘吧！"　　　〈慈爱地、鼓励地〉
这样，
小猴学会了∥爬树。
小鸭说："妈妈，我要洗澡。"　　　〈撒娇〉
"池塘大着哩，自己去洗吧。"　　　〈慈爱地、鼓励地〉
这样，
小鸭∥学会了∥游泳。　　　　　　（双手做划水动作）
小鹰说："妈妈，山那边有什么呀？"〈疑惑地〉
"风景可美哩，自己去∥看看吧。"　〈亲切、深情〉
这样，
小鹰学会了∥飞翔。　　　　　　　（双手做鸟飞动作）

※ 语音提示：多着哩（zhe li）　小鹰（yīng）
※ 朗读提示：富于哲理，音色柔和。

7 吃苹果
佚 名

幼儿园吃苹果，	〈喜悦、明亮地〉
你一个，他一个；	（用右手食指，左右各指点一下）
小胖儿//伸手接，	（左手手心向上）
苹果//往后躲，	〈惊讶、好奇地〉（身体略微后倾）
"别碰我，一只//小黑手"。	（撇嘴、摆手、假装生气）〈俏皮地〉

※ 语音提示：苹果（píng guǒ） 碰（pèng）
※ 朗读提示：本首儿歌表达形象，朗朗上口，朗读时，可用略带俏皮情绪来表达。

8 小熊过桥
蒋应武

小竹桥，摇摇摇，	（身体有节奏摆动）
有只小熊//来过桥。	〈明亮地〉
立不稳，站不牢，	（身体稍摇晃，做不稳状）
走到桥上//心乱跳。	（双手捂胸）〈紧张、害怕〉
头上乌鸦//哇哇叫，	（左手指上方）
桥下流水//哗哗笑。	（右手指斜下方）
"妈妈，妈妈，快来呀！	（双脚接踵、身体摇晃）〈急切地、恳求呼喊〉
快把小熊//抱过桥。"	〈略带哭腔或撒娇〉
河里鲤鱼//跳出水，	〈惊喜地〉
对着小熊//高声叫：	（伸出一只手左右摆动）
"小熊，小熊，不要怕，	〈呼喊〉（声音略拖长）
眼睛向着//前面瞧。"	（手指着前方）
一//二//三，走过桥，	〈坚定地，语速稍慢〉
小熊过桥//回头笑，	（笑着挥手）

小熊过桥

鲤鱼乐得//尾//巴//摇。

※ 语音提示：站不牢（láo）　乱（luàn）
※ 朗读提示：活泼地，有节奏地或讲述性地。

9
我该怎么回答
佚　名

有一天//我偷吃了果酱，	（单手手背抹嘴）
妈妈问我，我说了实话，	
结果呀——	
屁股上//挨了一顿笤帚把！↘	（摸摸屁股，疼痛的表情）
今天，我碰碎了花瓶，	
妈妈追查，我//编了谎话——	（低头）〈难为情地〉
主动把花猫"告发"……	（抬头，单手点指）
没想到，我受了奖励，	〈吃惊地〉
小花猫//却落了个//挨饿的惩罚。	〈同情地〉
我心里//真不是滋味儿，	（单手指胸口，摇头一次）
妈妈不是说：	
"要做诚实的好孩子"吗？↗	（皱眉、噘嘴）〈疑惑地〉
妈妈呀，我该怎么回答？	〈无奈地〉
哎！	（深呼吸然后叹气）

※ 语音提示：笤帚把（tiáo zhou bà）　挨（ái）饿　惩罚（chéng fá）
※ 朗读提示：朗读时，注意把握"说实话，挨打——撒谎，受奖励"无奈的心理变化。语速适中，声音柔和，讲述性地。

10
滑 滑 梯
张光昌

滑滑梯，
真有趣，　　　　　　　　　　　（拍手一边一次）
　一级级，　　　　　　　　　　（手点指）
　　爬上去，
　　　——我是登山运动员！　　（双手叉腰，神气地）
滑滑梯，
　真有趣，　　　　　　　　　　（拍手一边一次）
　　呼一下，　　　　　　　　　（张开双臂）
　　　飞到底，
　　　——我是滑雪运动员。　　（伸大拇指）〈赞扬地〉

※ 语音提示：登山（dēng shān）
※ 朗读提示：活泼地，有节奏地或讲述性地。

11
鹅 鹅 鹅
高洪波

最近，妈妈//总爱捉住我，　　　　〈不耐烦地〉
逼我背一支//古怪的儿歌：
"鹅，鹅，鹅，曲项向天歌。　　　（边读边想）〈声音断断续续〉
白毛浮绿水，红掌拨清波。"

听说//这是一位古代的神童，
七岁时//写下的"大作"。
可我//却背得//结结巴巴，
气得妈妈说我//"笨脑壳"。　　　（手点指）

我只好背得//滚瓜烂熟，　　　　　　　〈无可奈何地，稍慢〉
妈妈显得//特别快活。　　　　　　　（高兴）
从此，每当家里来了客人，
我都要牵出这只//倒霉的"鹅"。　　　（摇头）

听到一声声的夸奖，　　　　　　　　〈洋洋得意地〉
妈妈就奖我//美味的糖果。
好像这是//我写的诗篇，
其实，我压根儿//没见过白鹅。　　　（摇头、摆手）

我家小小的阳台上，
连只小鸟//都不曾飞落。
更别说//从那"曲项"里，
向天唱出美妙的歌！

真的，我不愿当什么"神童"，　　　　〈稍慢、教育口吻地〉
更不想靠"白鹅"//啄来糖果。
如果妈妈//带我去趟动物园，　　　　〈充满希望地〉
那才是我//最大的//快乐！

※ 语音提示：结结（jie）巴巴　曾（céng）　啄（zhuó）
※ 朗读提示：讲述性地。

12

红色和绿色
　　燕子飞

有一天，
红色碰到了绿色，　　　　　　　　　（双手半握拳，竖起大拇指相对）
他们都在炫耀，　　　　　　　　　　（在头的一侧，单手竖起大拇指）

自己的朋友最多。

红色说：
太阳长得像我，　　　　　　　　　　（单手指天）
苹果长得像我，　　　　　　　　　　（双手指胸口）
西瓜瓤//也是红色，
所以，
我的朋友最多。　　　　　　　　　　〈得意地〉
绿色说：
树叶长得像我，　　　　　　　　　　〈神气地〉
小草长得像我，
西瓜皮//也是绿色的，
所以，
我的朋友最多。　　　　　　　　　　〈不示弱地〉

我的//朋友多！　　　　　　　　　　（身体朝左边）〈大声地〉
<u>我的朋友多</u>！　　　　　　　　　　（身体朝右边）〈不服气地〉
他们//争来争去，　　　　　　　　　（双手手心向上，先伸出左手、再伸出右手）

谁//也不肯示弱。　　　　　　　　　（皱眉、摇头）
那个大西瓜，
晃着脑袋//走了过来，　　　　　　　（轻轻摇晃头）
绿色，　　　　　　　　　　　　　　（看左边）
跟我的皮一样；　　　　　　　　　　（单手指胸口）
红色，　　　　　　　　　　　　　　（看右边）
跟我的瓤一样，　　　　　　　　　　（单手指胸口）
哈哈，我的朋友最多！　　　　　　　（拍手、跳跃）〈高兴地〉

※ 语音提示：炫（xuàn）耀　瓤（ráng）　脑袋（nǎo dai）
※ 朗读提示：为了更好地表现本首诗歌，建议分角色朗读。朗读时，可用不同的音

色、体态动作表现"红色""绿色"的"大西瓜"。

13

小 红 帽
佚 名

小红帽，//问声好，	（拍手、摇头一边一次，做四次）
大嘴巴奶奶//开口笑，	（两手食指伸出对着脸，同时摇头一边一次）
原来是大灰狼//大口咬，	〈夸张地，声音略粗〉
幸好//猎人把门开，	（手臂伸直并拢，手心朝外，开门状）
救出了//外婆和小红帽。	〈高兴地〉（拍手）

※ 语音提示：奶奶（nǎi nai） 幸（xìng）
※ 朗读提示：活泼地。

14

巴喳——巴喳
[英国] 杰·里弗茨

穿上皮鞋//在林子里走，	（两手自然甩臂，行走状）
巴喳——巴喳！	（单手放在耳朵旁边，听的动作）
"笃笃"听见这声音，	〈惊奇地〉
就一下躲到了树枝间。	（左看右看各一次，害怕的表情）
"吱吱"//一下蹿上了松树，	（右手向斜上方举）
"崩崩"//一下钻进了密林。	（左手向斜下方指，眼睛看手）
"叽叽"//嘟一下飞进了绿叶中，	
"沙沙"//哧一下溜进了黑洞。	（低头看）
全都悄没声儿地蹲在看不见的地方，	〈轻声地〉
目不转睛地看着//"巴喳——巴喳"越走越远	（手指前方，眼睛看远）

※ 语音提示：吱（zhī） 崩（bēng）
※ 朗读提示：朗读时，语速适中，声音柔和。

15

笼子里的朋友

[苏联] 马尔夏克

韦苇 译

大象
小朋友给大象一只小鞋　　　　　　　　（单手伸出食指）
大象接过鞋子//一瞅说：　　　　　　　（双手前伸，接东西状）
我穿的鞋//又宽//又大，　　　　　　　（两手放在胸前，指着自己）
并且一双不够，得四只！　　　　　　　（单手伸出，做"四"状）
长颈鹿
小朋友看见地上的花儿漂亮，　　　　　〈高兴地〉
伸手就能摘上//一朵，　　　　　　　　（伸出拇指和食指，摘花状）
这么老长//老长的脖子，
要摘身边的花儿//可就费事儿喽！
小老虎
当心，//可别一个劲儿挨近我，　　　　（伸出手掌，左右摇动各一次）
我不是猫咪，//我是老虎！　　　　　　〈威风地〉
斑马
满身全是//一横//一横，
这种马的老家在非洲，
你们藏猫//倒是挺方便的，　　　　　　〈明亮地〉
往草丛一钻//就谁也看不出。
满身全是//一条//一条，
就像小学生摊开的//练习本，　　　　　（双手前伸，手心向上）
在马身上画这么些//条条，
从头//画到脚，//真//好//玩。　　　　〈欢快地〉

※ 语音提示：瞅（chǒu） 长颈（jǐng）鹿 横（héng）

※ 朗读提示：有节奏地，活泼地。

做一做 单元练习

一、填空

1. 儿歌是 _____。

2. 儿歌的特点有 _____。

3. 幼儿诗是 _____。

4. 幼儿叙事诗的主要形式有：_____，_____，_____，_____。

5. 下面是一首数数歌，请把动物名称填在括号里。

小（   ），两条腿，

小（   ），四条腿，

小（   ），六条腿，

小（   ），八条腿，

小（   ），十条腿，

（   ）和（   ）没有腿。

6. 下面是哪一种形式的儿歌？请续编下去。

小明明，会画画，

画个啥？画小马。

小马跑，画小猫。

小猫叫……

……

二、对比下面同题的儿歌和幼儿诗，说说它们的异同

1

蒲 公 英
张秋生

一棵蒲公英，
一群小伞兵，
风儿吹，飘啊飘，
一落落在青草坪，
阳光照，雨水淋，
长出一片蒲公英。

2

蒲 公 英
白 冰

你打着一把小伞，
要飞向哪座山冈？

要为娇嫩的小草，
遮住发烫的阳光？
还是要在雨天，
撑在小蚂蚁头上？

你悄悄告诉我吧，
我不会和别人去讲……

单元三

幼儿童话
寓言

3

学习目标：

1. 了解寓言、童话，传统童话、现代童话和幼儿童话的概念，以及阅读欣赏它们的方法；

2. 理解童话、寓言，传统童话、现代童话及幼儿童话的艺术特点；

3. 童话及童话形象的艺术类型，寓言和童话的区别。

学一学　基础知识

一、幼儿童话、寓言的概念与特征

（一）幼儿童话、寓言的概念

童话来源于民间，是有着绚丽想象的故事，它能愉悦幼儿的性情，丰富幼儿的情感世界。

民间童话属于口头文学，只有经过文字记载的才有可能得到更好的保留。阿拉伯世界的《一千零一夜》、德国格林兄弟整理的《格林兄弟童话集》等，都是世界著名的民间童话故事集。作家创作的童话是由丹麦童话大师安徒生开始的，《海的女儿》《皇帝的新装》《丑小鸭》等脍炙人口的童话故事，影响了一代又一代的小读者。安徒生及其创作作品的出现，既标志着文学童话的诞生，也奠定了童话在文学界的地位。

幼儿童话是适合幼儿听赏的，内容浅显、情节单纯的童话，是符合幼儿想象方式，以超经验世界为描述重点的奇妙故事。幼儿童话在幼儿文学作品中数量最多，也最受欢迎。

寓言是一种隐含深刻讽喻意义的简短故事，是把要说明的道理寄托在故事之中的一种文体。我国古代就经常采用寓言阐明道理，如：《揠苗助长》《自相矛盾》《守株待兔》《刻舟求剑》，中国近代作家也用寓言形式创作，特别是幼儿文学作品更为多见。世界各国的寓言作品也很多。世界最早的寓言集是《伊索寓言》，其他比较著名的寓言集或寓言较集中的作品有《克雷洛夫寓言》《列那狐的故事》《百喻经》《拉封丹寓言》。寓言不是专门为幼儿创作，只是因为假设性的虚构故事符合幼儿的审美趣味，自发地被幼儿所接受，所以后来出现了专门为幼儿创作的寓言故事，于是寓言便成了幼儿文学中的一个重要文体。

（二）幼儿童话的特征

1. 幼稚性和夸张性的童话幻想

童话的基本特征是幻想，童话作品中描绘的人物、环境都是虚构的，情节也是离奇的，童话中的一切都是幻想的产物。幼儿童话的幻想应该是最大胆、最强烈的，它具有明显的幼稚性和夸张性。幼儿童话幻想的幼稚性和夸张性，融入具有幼儿心理特征的艺术想象，这就是幼儿童话区别于其他童话的基本特征。

2. 单纯明快的童话情节

童话是叙事文体中的一种，它所表达的内容都是通过故事叙述表现出来的。幼儿的智力水平和审美特点，决定了幼儿童话的情节都是十分单纯明快的。幼儿童话篇幅比较短小，一个童话就是一个小故事、一场小游戏。即使是长篇或中篇幼儿童话，其故事情节仍然是单纯、明快的，总有一条主人公的活动线索贯穿始终，将主人公所经历的一个个小故事串联起来，而每一个小故事也具有相对的独立性和完整性。如中川李枝子的中篇童话《不不园》就是由若干个小故事组成的。

幼儿童话的情节生动而不复杂，曲折而不间断，有悬念却不会悬置太长，有冲突与高潮，而结尾总是比较圆满。方轶群的《萝卜回来了》是一篇很优秀的幼儿童话。它写了一个很单纯很美好的故事：开始于大雪天，小白兔找到一个萝卜，它想到了自己的朋友"一定也很饿"，于是把萝卜送给小猴，小猴也同样想到了自己的朋友，便把萝卜送给小鹿，萝卜一个传一个，最后，大萝卜又回到了小白兔的家里。童话运用多次反复，沿着萝卜的运行的故事主线来展开情节，情节单纯明快、富有情趣。

3. 稚气朴拙的童话形象

幼儿童话的人物或是夸张的幼儿，或是拟人之物，或是精灵宝物，对此都是粗线条的勾勒，但突出表现其幼儿般的行为、心理和性格。如《小猫钓鱼》中的猫弟弟天真活泼、好动好奇，注意力很容易转移；如中川李枝子的《大狼》中大狼憨厚、率真、丢三落四，茂茂幼稚、散漫、贪玩、不讲卫生；如《白雪公主》中的小公主天真、纯洁、美丽、轻信。

4. 充满快乐的游戏精神

幼儿文学是趣味盎然的快乐文学，幼儿童话在幼儿文学中占主导地位。它以美的形态感化人心，切合幼儿心灵深层的精神需要，满足孩子的强烈求知欲、好奇心和游戏心理，使他们感到极大的乐趣。例如，幼儿在听赏俄国作家阿·托尔斯泰的童话名篇《大萝卜》时，对作品是否说明"团结力量大"的道理往往并不理会，却会把拔大萝卜的情节视为一场游戏而很感兴趣；让幼儿表演这个故事，他们会全身心地投入其中，在"拔萝卜，拔萝卜，嗨哟，嗨哟拔不动"的富于节奏感的用力呼喊中，在终于拔出大萝卜的欢乐中，得到与身体运动相符合的愉悦感受。

（三）寓言的特征

1. 明显的教训性

总结生活的教训是寓言写作的目的，它的教训性主要指主题思想的哲理性和讽刺性。《守株待兔》中那个痴心待兔的人，一次遇兔，天天待兔，寓言告诉人们一定要正确地区别事物的偶然性和必然性。西方古希腊的寓言多以动物为题材，主题多是歌颂美德，讽刺人们身上存在的恶习。如《伊索寓言》中的《狐狸和乌鸦》，由于乌鸦爱听恭维话，到嘴的肉被狐狸骗了去，告诫人们虚荣心能让人吃尽苦头。

2. 故事的虚构性

寓言故事只是作者的一个假设，是一个具体的比喻。故事只要在逻辑上说得通即可。中国寓言中掩耳盗铃的人、拔苗助长的人均系作者所虚构，但寓言抓住了事物的本质，世间没有捂着耳朵偷铃铛的人，但自欺欺人的人并不少见；也不存在帮助禾苗长大的人，但欲速则不达的事情常有发生。《伊索寓言》则多借用动物来写故事，让动物像人一样地说话和行为，充分体现了这一文体的虚构性。

3. 高度的概括性

寓言语言精练，篇幅短小。这是由寓言的写作目的决定的，即用讲故事、打比方的手段，宣传哲理、揭示教训。手段是为目的服务的，寓言故事就力求用最少的语言去表达最丰富的内容和最深刻的思想，突出了高度概括的特点。

二、幼儿童话和寓言的区别

童话和寓言都来自民间，有许多相似之处。它们都具有较强的幻想色彩，都有明显的虚构性，都广泛地运用比喻、拟人、夸张、象征的表现手法，都包含一定的寓意。所以说有些作品在一定程度上很难区分清楚，如《小马过河》《小猫钓鱼》、达·芬奇的《金丝雀》。当然童话和寓言作为两个独立的文学样式，在艺术上有着明显的区别。其具体表现为以下四个方面：

（一）主题的重点不同

寓言的核心是寓意，因此寓意也称为寓言的"本体"，寓言的故事情节是为了表达寓意而服务的，它仅围绕寓意展开，不注重情节和细节，如《小猫钓鱼》。幼儿童话更加注重趣味性，故事中丰富的情节、离奇的想象和鲜活的人物，都对幼儿有着很强的吸引力，如《小马过河》。

（二）文本的构造不同

寓言的故事情节简单，篇幅短小，其中的角色形象往往具有抽象化和符号化的特点，如《狼和小羊》。幼儿童话的故事情节曲折，结构相对复杂，重视角色形象的塑造，注重细节描写，其人物形象丰富立体，如《三只蝴蝶》。

（三）表达的手法不同

寓言中的故事仅为表达寓意而服务，表达上以叙述为主，简单明了；幼儿童话以愉悦幼儿性情为主，大量使用细致的描写来丰富情节、刻画人物。

（四）适合的读者不同

综上所述，寓言更适合成人、青少年或是儿童阅读，幼儿童话则是主要面对学龄前幼儿。

读一读　作品欣赏

一、童话的阅读欣赏指导

任何文学形式都有其特定的审美品质，童话审美特质是以假定形式来表现现实生活。所以指导学生阅读童话时应该把握童话文体上的独特之处，感受童话的独特之美。

（一）感受童话的荒诞、隐喻之美

童话借助幻想的翅膀在广阔的时间和空间背景上，让常见的、罕见的、熟悉的、陌生的、真实的和想象的各种人物、事物、现象、概念，都变得不同凡响。阅读童话就要引导学生感受奇幻、荒诞之美。《豆蔻镇的居民和强盗》荒诞得既幽默又美丽；《假话国历险记》荒诞得真实；《木偶奇遇记》荒诞得新鲜。童话的想象越奇异、越荒诞、越陌生，就越能激发读者的阅读热情，满足读者的阅读期待。

童话是对生活的象征性反映。我们阅读童话要理解童话的象征意义，感受童话的隐喻之美。《海的女儿》中的美人鱼具有金子般的品格，仁慈善良，纯真无私，忘我利他；《丑小鸭》中的丑小鸭能够忍受巨大的痛苦，在逆境中不消沉、不退缩；《雪孩子》中的雪孩子纯洁美好，为了他人的生命融化了自己。童话中充盈着美好意蕴的象征性描写，在阅读童话时，教师要引导学生深入地体会和感受。

（二）体验童话自由快乐的游戏精神

童话追求自由自在无拘无束的游戏精神，游戏中的狂欢和笑闹都是童话表现的内容，体现儿童的本性。尤其是现代童话，它抛弃历史的沉重，营造喜剧性的快感。郑渊洁童话中塑造的童话形象皮皮鲁身上洋溢着孩子旺盛的生命力和创造力，具有强烈的儿童天性：爱玩、贪玩、玩得痛快淋漓，哪里有皮皮鲁，哪里就有翻天覆地的奇迹发生。

（三）把握童话类型，体味作品的艺术特色

童话有传统童话和现代童话之分，在阅读鉴赏童话时要区分两种童话的艺术特点。同属于一种类型的童话所呈现的艺术风格也是多种多样的，有的抒情优美，有的热闹荒诞，有的还充满哲理。可以从整体作品入手，认识作品所体现的不同情感氛围，进而从艺术手法的运用上探究不同的艺术效果。

二、寓言的阅读欣赏指导

寓言在儿童文学中占的比重较小。寓言的外壳是故事，要读懂寓言就要了解寓

意。首先,要解读故事,在分析故事时要突出分析喻体和寓意的关系,感受其巧妙自然的隐喻之美。其次,联系现实生活,概括寓意。寓意是寓言作家创作的目的所在,那么在分析故事的基础上概括寓意就是阅读寓言的关键。教师不能只停留在对寓言寓意的理性认识上,还要引导学生将其和现实生活联系起来感受。

三、优秀幼儿童话、寓言导读

1

一个豆荚里的五粒豆[1]

[丹麦] 安徒生　叶君健　译

有一个豆荚,里面有五粒豌豆。豆荚和豌豆都是绿的,豌豆就以为整个世界都是绿的。豆荚在生长,豌豆也在生长。豌豆按照它们在家庭里的地位,坐成一排。太阳在外边照着,把豆荚晒得暖洋洋的。这里既温暖,又舒适;白天明亮,夜间黑暗。豌豆坐在那儿越长越大,它们想,我们得做点儿事情啊。

"难道我们永远就在这儿坐下去吗?"它们中的一个问,"老这样坐下去,我恐怕会变得僵硬起来。我似乎觉得外面发生了一些事情——我有这种预感!"

许多天过去了。豆荚变黄了,这几粒豌豆也变黄了。"整个世界都变黄啦!"它们说。

忽然,它们觉得豆荚震动了一下。豆荚被摘下,跟许多别的丰满的豆荚在一起,溜到一个口袋里去了。

"我们不久就要被打开了!"豌豆们说。于是它们就等待这件事情的到来。

"我倒想要知道,我们之中谁会走得最远!"最小的一粒豆说,"是的,事情马上就要揭晓了。"

啪!豆荚裂开来了。那五粒豆子全都躺在一个孩子的手中。这个

1　课程教材研究所,小学语文课程教材研究中心.语文四年级上册[M].北京:人民教育出版社,2004.

孩子紧紧地捏着它们，说可以当作玩具枪的子弹用。他马上把第一粒豆子装进去，把它射了出去。

"现在我要飞向广大的世界里去了！如果你能捉住我，就请你来吧！"第一粒豌豆说完就飞走了。

"我，"第二粒说，"我将直接飞进太阳里去。这才像一粒豌豆呢，而且与我的身份非常相称！"于是，它也飞走了。

"我们到了哪儿，就在哪儿住下来。"其余的两粒说，"不过，我们还得向前滚。"在没有被装进玩具枪之前，它们从小孩的手中滑落到地上，打起滚来。但这两粒豆最终还是被装进玩具枪里去了。它们说："我们才会射得最远呢！"

"该怎么样就怎么样吧！"最后的那一粒说。它被射到空中，落到顶楼窗子下面的一块旧板子上，正好钻进一个长满了青苔的裂缝里。青苔把它裹起来，它躺在那儿真可以说成了一个囚犯。

"该怎么样就怎么样！"这粒豆说。

在这个小小的顶楼里住着一个穷苦的女人。她有一个独生女儿，身体非常虚弱，躺在床上一整年了。小女孩安静地、耐心地整天在家里躺着，而她的母亲每天到外面去挣点儿生活费。

春天的一个早晨，当母亲准备出去工作的时候，太阳温和地从那个小窗子射进来，一直射到地上。

小女孩望着最低的那块窗玻璃说："有个绿东西从窗玻璃旁边探出头来，它是什么呢？"

母亲向窗边走去，把窗户打开一半。"啊！"她说，"我的天，原来是一粒小豌豆在这里生了根，还长出小叶子来了。它怎么钻进这个隙缝里去的？你现在有一个小花园了！"

母亲把小女孩的床搬得更靠近窗子，好让她看到这粒正在生长着的豌豆。

"妈妈，我觉得我好了一些！"晚上，这个小女孩说，"太阳今天在我身上照得怪暖和的。这粒豆子长得好极了，我也会好起来的；我能爬起来，走到温暖的太阳光中去。"

虽然母亲不相信，但她还是仔细地用一根小棍子把这植物支起来，好使它不至于被风吹断,因为它使女儿对生命产生了愉快的想象。她从窗台上牵了一根绳子到窗框的上端去,使这棵豌豆苗可以盘绕着它向上生长。

它的确在向上长——人们每天都可以看到它在生长。

"真的,它现在要开花了!"这个母亲慢慢开始相信,她的孩子会好起来。她记起最近这孩子讲话时,要比以前愉快得多,而且最近几天她也能自己爬起来,直直地坐在床上,用兴奋的眼光望着这一粒豌豆所形成的小花园。一星期以后,小女孩第一次能够坐一整个钟头。她快乐地坐在温暖的太阳光里。窗子打开了,她面前是一朵盛开的、粉红色的豌豆花。小姑娘低下头来,轻轻地吻了一下它柔嫩的叶子。这一天简直像一个节日。

其余的几粒豌豆呢?曾经想飞到广大世界里去的那一粒,它落到了屋顶的水笕里,被一只鸽子吃掉了。那两粒在地上打滚的豆子也没有走多远,也被鸽子吃掉了。它们还算有些实际的用途。那本来想飞进太阳里去的豌豆,却落到了水沟里,在脏水里躺了好几个星期,而且涨得大大的。

"我胖得够美了!"这粒豌豆说,"我胖得要爆裂开来了。我想任何豌豆从来不曾、也永远不会达到这种地步的。我是五粒豌豆中最了不起的一粒。"

此刻,顶楼窗子旁那个小女孩——她的脸上洋溢着健康的光彩,她的眼睛发着亮光——正注视着豌豆花,快乐地微笑着。

[导读] 这个童话故事,讲了一个成熟了的豆荚裂开,里面的五个豆粒飞到广大的世界里去各奔前程,对各自的经历都很满意,安徒生按照儿童的思维展开幻想,诞生了这个温情脉脉的童话。童话虚拟了一个充满趣味的世界,五粒小豌豆,住在一个豆荚里,按照"在家庭里的地位,坐成一排"。它们个个天真活泼,对广大的世界充满了好奇和探究的欲望,对新生活充满了渴望。虽都是豌豆,但个性鲜明,有的狂妄,有的懒惰,有的野心勃勃,最大一粒谦逊平和,它说:"该怎么办就怎么办!"它落到顶楼窗子下面的旧木板上,它就凭借着青苔和真菌发芽,长大,开花,给病孩子以快乐和生机,同时写了病女孩的生活困境。童话运用了现实和梦幻交替组合的双线结构,把现实的真实性和梦幻的虚拟性组合在一个空间里,产生虚虚实实、真真幻幻、趣味横生的艺术效果,让读者浮想联翩,感慨万分。

2

狼和七只小山羊

[德国] 格林兄弟　魏以新　译

　　从前有只老山羊。它生了七只小山羊,并且像所有母亲爱孩子一样爱它们。一天,它要到森林里去取食物,便把七个孩子全叫过来,对它们说:"亲爱的孩子们,我要到森林里去一下,你们一定要提防狼。要是让狼进屋,它会把你们全部吃掉的——连皮带毛通通吃光。这个坏蛋常常把自己化装成别的样子,但是,你们只要一听到它那粗哑的声音,一看到它那黑黑的爪子,就能认出它来。"小山羊们说:"好妈妈,我们会当心的。你去吧,不用担心。"老山羊咩咩地叫了几声,便放心地去了。

　　没过多久,有人敲门,而且大声说:"开门哪,我的好孩子。你们的妈妈回来了,还给你们每个人带来了一点东西。"可是,小山羊们听到粗哑的声音,立刻知道是狼来了。"我们不开门,"它们大声说,"你不是我们的妈妈。我们的妈妈说话时声音又软又好听,而你的声音非常粗哑,你是狼!"于是,狼跑到杂货商那里,买了一大块白垩土,吃了下去,结果嗓子变细了。然后它又回来敲山羊家的门,喊道:"开门哪,我的好孩子。你们的妈妈回来了,给你们每个人都带了点东西。"可是狼把它的黑爪子搭在了窗户上,小山羊们看到黑爪子便一起叫道:"我们不开门。我们的妈妈没有你这样的黑爪子。你是狼!"于是狼跑到面包师那里,对他说:"我的脚受了点伤,给我用面团揉一揉。"等面包师用面团给它揉过之后,狼又跑到磨坊主那里,对他说:"在我的脚上洒点白面粉。"磨坊主想:"狼肯定是想去骗什么人。"便拒绝了它的要求。可是狼说:"要是你不给我洒面粉,我就把你吃掉。"磨坊主害怕了,只好洒了点面粉,把狼的爪子弄成了白色。人就是这个德行!

　　这个坏蛋第三次跑到山羊家,一面敲门一面说:"开门哪,孩子们。你们的好妈妈回来了,还从森林里给你们每个人带回来一些东西。"小山羊们叫道:"你先把脚给我们看看,好让我们知道你是不是我们的妈妈。"狼把爪子伸进窗户,小山羊们看到爪子是白的,便相信它说的是真话，打开了屋门。然而进来的是狼！小山羊们吓坏了，一个个都想躲起来。第一只小山羊跳到了桌子下，第二只钻进了被子，第三只躲到了炉子里，第四只跑进了厨房，第五只藏在柜子里，第六只挤在洗脸盆下，第七只爬进了钟盒里。狼把它们一个个都找了出来，毫不客气地把它们全都吞进了肚子。只有躲在钟盒里的那只最小的山羊没有被狼发现。狼吃饱了之后，心满意足地离开了山羊家，来到绿草地上的一棵大树下，躺下身子开始呼呼大睡起来。

没过多久，老山羊从森林里回来了。啊！它都看到了些什么呀！屋门敞开着，桌子、椅子和凳子倒在地上，洗脸盆摔成了碎片，被子和枕头掉到了地上。它找它的孩子，可哪里也找不到。它一个个地叫它们的名字，可是没有一个出来答应它。最后，当它叫到最小的山羊的名字时，一个细细的声音喊叫道："好妈妈，我在钟盒里。"老山羊把它抱了出来，它告诉妈妈狼来过了，并且把哥哥姐姐们都吃掉了。大家可以想象出老山羊失去孩子后哭得多么伤心！老山羊最后伤心地哭着走了出去，最小的山羊也跟着跑了出去。当它们来到草地上时，狼还躺在大树下睡觉，呼噜声震得树枝直抖。老山羊从前后左右打量着狼，看到那家伙鼓得老高的肚子里有什么东西在动个不停。"天哪，"它说，"我的那些被它吞进肚子里当晚餐的可怜的孩子，难道它们还活着吗？"最小的山羊跑回家，拿来了剪刀和针线。老山羊剪开那恶魔的肚子，刚剪了第一刀，一只小羊就把头探了出来。它继续剪下去，六只小羊一个个都跳了出来，全都活着，而且一点也没有受伤，因为那贪婪的坏蛋是把它们整个吞下去的。

这是多么令人开心的事啊！它们拥抱自己的妈妈，像当新娘的裁缝[1]一样高兴得又蹦又跳。可是羊妈妈说："你们去找些大石头来。我们趁这坏蛋还没有醒过来，把石头装到它的肚子里去。"七只小山羊飞快地拖来很多石头，拼命地往狼肚子里塞；然后山羊妈妈飞快地把狼肚皮缝好，结果狼一点也没有发觉，它根本都没有动弹。

狼终于睡醒了。它站起身，想到井边去喝水，因为肚子里装着的

---

[1] 德国俗语说，裁缝身体很轻，容易跳跃。

石头使它口渴得要死。可它刚一迈脚,肚子里的石头便互相碰撞,发出哗啦哗啦的响声。它叫道:

"是什么东西,

在碰撞我的骨头?

我以为是六只小羊,

可怎么感觉像是石头?"

它到了井边,弯腰去喝水,可沉重的石头压得它掉进了井里,淹死了。七只小山羊看到后,全跑到这里来叫道:"狼死了!狼死了!"它们高兴地和妈妈一起围着水井跳起舞来。

[导读] 这是一个家喻户晓的童话名篇,讲的是山羊妈妈出门后,老狼用伪装的方法欺骗七只小山羊的故事。它是一篇民间童话,全篇以三段式的反复结构展开情节。狼的三次乔装、欺骗;小山羊们三次回答内容,基本相同又略有变化,情节单纯明快。狡猾的狼先是吃白垩土使嗓音变柔软,再是往脚爪上涂面粉,骗过小山羊们,闯进屋子吞吃了六只小山羊,只有躲在钟盒里的最小的小山羊逃过一劫。童话重点写了山羊妈妈回来后的情景,它焦急地寻找孩子,终于找到了最小的山羊,得知了事情的经过。山羊妈妈后来在树下发现了熟睡的老狼,用剪刀剪开狼的肚皮,救出了其余的孩子,然后用石头填满狼的肚子,老狼醒后去井边喝水,掉到井里淹死了。凶残狡猾的狼得到了应有的惩罚,读者的愿望获得了极大的满足。情节虽然惊险,但并不恐怖,适合幼儿阅读。小山羊活泼可爱,憨态可掬,最小的山羊聪明勇敢,山羊妈妈对孩子的柔情真实感人。

3

去 年 的 树

[日] 新美南吉　孙幼军　译

一棵树和一只鸟儿是好朋友。鸟儿站在树枝上,天天给树唱歌,树呢,天天听着鸟儿唱。日子一天天过去,寒冷的冬天就要来到了。鸟儿必须离开树,飞到很远很远的地方去。树对鸟儿说:"再见了,小鸟!明年请你回来,还唱歌给我听。"

鸟儿说:"好的。我明年一定回来,给你唱歌,请等着我吧!"鸟儿说完,就向南方飞去了。

春天又来了。原野上、森林里的雪都融化了。鸟儿又回到这里,

找她的好朋友树来了。

可是，树不见了，只剩下树根留在那里。

"立在这儿的那棵树，到什么地方去了呀？"鸟儿问树根说。

树根回答："伐木人用斧子把他砍倒，拉到山谷里去了。"

鸟儿向山谷里飞去。

山谷里有个很大的工厂，锯木头的声音"沙——沙——"地响着。

鸟儿落在工厂上。她问大门说："门先生，我的好朋友树在哪儿，您知道吗？"

大门回答说："树么，在厂子里给切成细条条儿，做成火柴，运到那边的村子里卖掉了。"

鸟儿向村子里飞去。

在一盏煤油灯旁，坐着个小女孩。鸟儿问女孩："小姑娘，请告诉我，你知道火柴在哪儿吗？"

小女孩回答说："火柴已经用光了。可是，火柴点燃的火，还在这盏灯里亮着。"

鸟儿睁大眼睛，盯着灯火看了一会儿。

接着，她就唱起去年唱过的歌，给灯火听。

唱完了歌儿，鸟儿又对着灯火看了一会儿，就飞走了。

[导读]《去年的树》是日本著名的童话作家新美南吉为儿童创作的童话。这是一篇意蕴深刻，包含了作者本人"人生思悟"的现代童话。作品以其委婉、生动的抒情笔调，讲述了一个动人的故事。小鸟与它所栖息的树建立了深厚的友谊，天天唱歌给树听。天冷了，它不得不到远方去过冬。但它应诺树的请求，第二年仍然回来唱歌给树听。小鸟是诚信的，它遵守自己的诺言。可树在这一年里遭遇到难以预料的不幸，被砍伐，继而被加工成火柴，继而被点燃。故事凄婉动人。童话对于树的遭遇没有直接正面叙述，而是沿着小鸟寻找的踪迹自然地展现出来，文字朴实而平易。对于小鸟，作品也只写它的行动，没有触及它的内心世界和感受，只是表现了它寻找朋友曲折艰难的过程。尽管作品没有渲染人生悲剧，但读者很容易与人生的残缺和遗憾联系起来。作品中自然流露出来的情感动人心弦。《去年的树》是儿童文学中难得一见的悲剧题材的作品，故事凄美却不太伤感，给读者一种积极向上的力量。这是一篇艺术上、思想上不可多得的优秀儿童文学作品。

4

胡萝卜先生的长胡子
王一梅

胡萝卜先生常常为胡子发愁。可他偏偏有着浓密的胡子,必须每天刮胡子。

有一天胡萝卜先生匆匆忙忙刮了胡子,一边吃着果酱面包一边就上街去了。因为他是个近视眼,就没有发现漏刮了一根胡子。这根胡子长在下巴的右边,胡萝卜先生吃果酱面包的时候胡子蘸到了甜甜的果酱。对一根胡子来说,果酱是多么好的营养啊!

于是胡萝卜先生一步一步走的时候,这根胡子就在一点点地变长;只要回头看看胡萝卜先生走了多长的路,就可以知道胡萝卜先生的这根胡子已经长了多长了。

胡萝卜先生还在继续走,因为长胡子被风吹到了身体后面,胡萝卜先生是完全不知道的。

在很远的街口,有一个正在放风筝的男孩。风筝的线实在太短了,男孩的风筝才飞过屋顶。

胡萝卜先生的胡子刚好在风里飘动着。

"这绳子真是够长的,就是不知道够不够牢固。"小男孩说完就扯了扯胡子,胡萝卜先生觉得有人在后面拉他。

男孩已经确定绳子是牢固的,就剪了一段用来放风筝。

胡萝卜先生继续往前走。当他走过鸟太太的树底下时,鸟太太正在找绳子晾小鸟的尿布。

胡萝卜先生的胡子刚好在风里飘动着。

于是,鸟太太剪了长长的一段胡子,系在两根树枝的中间:"这下可好了,我总算找到了一根够长的绳子了。"

胡萝卜先生就这样一直走,他的胡子一直长,一直要长到他停下脚步不再走为止。一路上,大家都剪了胡子派各种用处,比如:梳小辫、缝衣服、编网兜。

当胡萝卜先生走进一家商店的时候,胡萝卜先生停止了走路,他的胡子也就不再发疯一样地长了。由于一路上胡子派了许多用处,已经不是那么长了，就挂在他的肩膀上，胡萝卜先生开始掏钱为他的近视眼买眼镜。

眼镜店的白菜小姐是个非常机灵的小女孩，她一边给胡萝卜先生戴眼镜，一边说："如果你害怕不小心把眼镜摔了，那么就在眼镜框上系一根绳子，然后挂在脖子上；当然，你有些例外，只要这样就可以。"白菜小姐说这些话的时候，用那根胡子系住了眼镜。

当胡萝卜先生的眼镜不小心从鼻子上滑落下来的时候，便被胡子拉住而不会掉在地上。胡萝卜先生说："我的胡子真是太棒了。"

是的，胡萝卜先生的胡子确实是太棒了，大家都这么说。

[导读] 这篇具有浓重荒诞色彩的童话，讲述了胡萝卜先生的胡子疯长的故事。胡萝卜先生因为近视眼漏刮了一根胡子，他在吃果酱时胡子蘸到了果酱，胡子便发疯似地长起来。奇怪的是胡萝卜先生走多远胡子就长多长，他一直走，胡子一直长。一路上胡子当了鸟太太的晾衣绳，做了小男孩的风筝线，成了小姑娘的头绳……故事的叙述没有特别之处，胡子的用途和长度只不过是一般童话意义上的夸张，作品的独特之处在于奇特的幻想：一是把胡萝卜先生的胡子疯长归结到胡子蘸上营养丰富的果酱；二是把胡萝卜先生的行走和胡子疯长异想天开地联系在一起，两者本不相干却创造性地巧妙结合，使得童话具有一种非同寻常的奇妙效果。

5

桃树下的小白兔
冰 波

远远的，滚来一个雪球。

哟，不是雪球，是一只小白兔，连蹦带跳地跑了过来。

老桃树摇着树枝，说："小白兔，你就住在我这儿吧！这儿多美呀，有草地，有鲜花，还有一条小溪，整天叮叮咚咚弹着琴。"

小白兔点点头，就在老桃树的树根旁边挖了个洞，住了下来。

小白兔跑到水塘边，一瞧，它映着蓝天、白云。咦，怎么还有一片粉红的东西？

小白兔抬头一望，啊，原来是一树桃花。暖和的风吹过，花瓣落了下来，好像下着一场粉红色的雪。

小白兔捡起花瓣，想起许多朋友。

"我要把这些花瓣寄给我的朋友。"

小白兔在每一个信封里，装进一片花瓣，再把信往天上一撒，说："飞吧，飞吧，快飞到朋友们的身边去！"

老山羊正在看书，小白兔的信飞来了。

老山羊拆看信封，一片花瓣轻轻地落在他的书上。

"啊，这是一张书签哪！往后，我一翻开书，就能看见这一张漂亮的书签，有多好呀！"

小猫望着天空，她在想心事：明天是她的生日，得打扮得漂漂亮亮的，要是有只好看的发夹，那有多美。

小白兔来信了，那是一片花瓣。

小猫乐得跳了起来："这正是我想要的发夹，还是粉红色的哩！"

小松鼠坐在树枝上，听妈妈给他讲故事。

小白兔来信了。

小松鼠见到那粉红的花瓣，嚷着说："这是一把小扇子吗？真好，真好，妈妈，到了夏天，你给我讲故事的时候，我给你扇凉风。"

小鸡们有了一顶太阳帽，那就是小白兔寄来的花瓣。

他们春游去。这顶太阳帽，你戴一会儿，我戴一会儿，你和我，都变得更美丽了。

"睡吧，我的宝贝……"金龟子妈妈唱摇篮曲。

可是小金龟子老睡不着，原来那果壳做的摇篮太硬了。

就在这时候，小白兔来信了。金龟子妈妈看见那片花瓣，说："这是小宝贝的摇篮呀！"

小金龟子躺在新的摇篮里，软软的，还有点香味呢，他一会儿就睡着了。

小蚂蚁也收到了小白兔寄来的花瓣。他说："这是一只小船呀！我正好乘了它，到水塘里漂呀，漂呀，风儿吹得它轻轻打转，真好玩。"

一天早晨，一支有趣的队伍来到小溪边。

老山羊挟着书，书里露出半张粉红色的书签。

小猫戴着一只粉红色的发夹。

小鸡戴着一顶粉红色的太阳帽。

小松鼠拿着一把粉红色的扇子。

金龟子妈妈背着一只粉红色的摇篮，摇篮里，躺着她的小宝贝。

啊，小溪里还漂来一只粉色的小船，小船上坐着很多蚂蚁。

这是到哪里去春游啊？他们说："我们要去小白兔的家！"

大家围着小白兔说："谢谢你寄给我们的礼物！"

小白兔笑了，说："哎呀，我给你们寄去的，是桃花瓣呀！可是你们，嘻嘻，真逗！"

桃花？什么叫桃花呀？难道这不是书签吗？难道这不是小船吗？难道……小白兔说："你们没见过桃花吗？就是这株树开出的花。可是，现在谢了……"

大家抬起头，望着高大的老桃树。

小白兔的礼物，原来是桃花呀！

老桃树落完了粉红色的花；现在，又长出了绿色的叶子。在开过花的地方，长出了一颗颗淡绿色的桃子！

那些小桃子，是老桃树的孩子吗？

那些绿叶子，是桃子盖的被子吗？

大家围着老桃树，唱一支春天的歌，跳一个友谊的舞。

"明年春天，我们都要来看桃花！"大家说。

"来吧，来吧。"小白兔高兴极了，"明年，桃花会开得更美！"

[导读] 这是一篇清新优美的诗体童话。它创建了一个洁净的童心世界，给人以美的享受和温暖的感觉。故事的主角是拟人化的动物形象——一只雪白的小白兔，小白兔生动活泼、纯洁天真，富于美感。它在桃花盛开的春天里，享受着桃树给它带来的美好和快乐，它把美好和快乐与朋友们一起分享，它把花瓣装进信封"往天上一撒"，片片粉色的花瓣像雪花一样，飞向朋友的手中。这篇童话尊重童话幻想的逻辑，既保持了"物"性，又赋予了"人"性。语言清新流畅，简洁自然，富有情趣，符合幼儿口语的特点。小白兔为朋友寄花瓣，小动物把花瓣当礼物。故事的结尾，把一个美丽的画面呈现给读者，渲染了一种温馨的气氛，给人哲理的启示，使故事耐人寻味。

6

金 翅 雀

[意大利] 达·芬奇　张 浩 译

金翅雀爸爸叼着小虫子来了,它回到自己窝里,窝里静悄悄的。就在它出去打食这个工夫,小鸟不知让哪个恶棍掏走了。

金翅雀哭叫着寻找失踪的孩子,森林里充满了它的悲哀的啼叫声和呼唤声,可是什么回音也没有。

金翅雀伤透了心,第二天清晨,苍头燕雀碰见它说,昨天在一个农夫家里看见过它的孩子们。

金翅雀喜出望外,它奋力向村子飞去,很快飞到了苍头燕雀说的那家农舍。

它敛翅歇在房顶马头形的屋角上,举目张望,不见小鸟的动静;它掠翅飞向打谷场,场地上空空荡荡。可怜的父亲一仰头看见了悬挂在屋檐小窗口的鸟笼,里边蜷伏着成了俘虏的幼儿。金翅雀猛冲过去。

小鸟也认出了父亲,它们隔着笼子,一齐叽叽喳喳诉起苦来,小鸟央求父亲快些把它们解救出去。金翅雀用它的脚爪,用它的尖喙,狠命地扯啄着鸟笼上的铁丝,它泣血挣扎,想把铁丝拉开,却是枉然。

极度哀伤的金翅雀挨过了一个夜晚。第二天,它飞回到自己孩子在里面受苦的鸟笼边。它用温柔的目光久久地注视着孩子们,然后在每只小鸟张开的嘴巴里都轻轻啄了一下。金翅雀是把一种草莓送进幼鸟的嘴里,笼里的小鸟死去了……

"不自由,宁愿死!"高傲的金翅雀伤心地说完这句话,飞回森林里去了。

[导读] 这是一则感人肺腑的寓言故事,小鸟被恶人掏走,金翅雀好不容易找到自己的孩子。但是面对笼子里失去自由的孩子,金翅雀极度哀伤,为了救出它们,它泣血挣扎,狂啄鸟笼,却无济于事。最后,它满含感情地"在每只小鸟张开的嘴巴里都轻轻啄了一下",用毒草莓汁让小鸟死去。"不自由,宁愿死!"这一震撼人心的呐喊,反映了为争取自由而不惜一切代价的崇高品质,寓意深刻,发人深省。这篇寓言不同于一般的寓言,它注意传神的细节描绘和情感的抒发,有着很浓厚的抒情性和强烈的感染力。

练一练　表达指导

一、幼儿童话、寓言的朗读

童话是幼儿最喜欢的一种文学体裁。它用充满幻想的彩笔和夸张、拟人的手法，为幼儿展现了一幅幅神奇的画卷。

寓言与童话的表达方式有些相似，它用简单、有趣的故事让小朋友明白深刻的道理。

（一）准确把握立意和寓意

准确把握童话的立意和寓言的寓意是讲述好作品的基础。立意需要我们从作品的内容、叙述、抒情中去感知，如《萝卜回来了》在反复的叙事方式中表现了小动物之间的友爱精神，这就是文章的立意，宣扬了"我为人人"的美好情操。在寓言中，寓意有时蕴涵在作品中，要自己体会；有时在文中用一段话来揭示。有的在文章的开头，如克雷洛夫的寓言《猴子》："模仿别人，必须头脑清醒，然后收效才能宏大；可是没头没脑的模仿，唉，却要铸成大错！……"有的在文章的结尾，如寓言《方向不对》："……那个往楚国去的人，没有认识到自己的错误，还是照着那个错误的方向走去。可是我们可以断定：他的马越好，旅费越多，马夫赶马的本领越大，那么，离楚国也就越远了。"在反复阅读后，结合现实生活中的人和事仔细地领会，就能找到答案了。

（二）大胆想象，合理设计

童话和寓言在写作上运用了拟人、象征等手法，在表达时要进行大胆想象。作品提供的场景、线索，甚至用词都要仔细揣摩，否则很难达到声情并茂的效果。

我们进行分析和想象后，就要对人物形象、动作、语言等进行合理设计。

如《胆小先生》为表现胆小先生的胆小，他的形象就显得矮小，声音就变得无力，我们就会看到一个低着头、弱声胆怯的胆小先生；老鼠虽小，但在作品里却能主宰人的命运，飞扬跋扈，得寸进尺，在表现老鼠时我们就应昂头挺胸，显得自己高大无比。

胆小先生

佚 名

有一位先生住在一座漂亮的房子里。因为他的胆子很小,大家都叫他胆小先生。

一天,一只大老鼠闯进了他的房子。胆小先生马上去捉,结果在地下室捉住了它。

"你放了我!"大老鼠挣扎着说,"我要是一跺脚,整个房子就塌了。"

胆小先生害怕了,连忙放开了它,还允许它住在地下室里。

地下室里吃的东西真多,大老鼠吃呀、喝呀,真开心。后来,大老鼠生了一窝小老鼠,小老鼠又长成了大老鼠……很快,地下室住满了老鼠。

"不行,不行!"大老鼠冲着胆小先生嚷嚷:"这么多老鼠住这么一个小小的地下室,而你一个人住那么多房间,太不合理了,得换房子。"

"换房子?"胆小先生大吃一惊。

"对,换房子!"老鼠们齐声说。胆小先生又害怕了。

他们很快换了房子。胆小先生住在地下室,老鼠们住进各个房间。它们在宽大的客厅里唱呀跳呀,在喷香的厨房里喝呀吃呀,每天都像过节一样。

"你应该搬出去!"大老鼠又冲着胆小先生嚷嚷,"你干吗老住在地下室?这么好的地下室,你配吗?"……

(三) 语言、形体夸张有特色

在寓言和童话故事中,因很多人和事是虚拟的,表现时可根据需要在语言和形体上进行适当的夸张,与现实生活中的人略有区别。

在讲述时,还应分清事件叙述语言、人物对话语言和议论性语言。在叙事时,语言表达形象、生动、鲜明,颇具动感;对揭示寓意的议论,语言表达应显沉稳,引人深思,以达画龙点睛之效。如《狼和小羊》的故事结尾有这样一句话:"人们存心要干凶恶残忍的坏事情,是很容易找到借口的。"应用启发性的口吻和较慢、沉稳的声音来表达。人物对话语言要夸张,如《猴吃西瓜》中表现老猴的倚老卖老可用略沙哑、低沉、带颤抖、不连贯的声音;《皇帝的新衣》中裁缝的声音可设计成略细的、带拖腔的男高音，表现出裁缝对皇帝的阿谀奉承及嘲讽。

讲述中需要我们用声音去表现不同人物的性格、身份、年龄等，而我们每人只有一副嗓子，如何去表现呢？首先，我们不要求声音"形似"，而是抓住人物特征，要求声音的"神似"。如《猴吃西瓜》中就要用声音塑造六只猴的形象，切忌装腔作势、矫揉造作。其次，还应注意人物形象的统一性，即一个人物在整篇作品表达中应用较统一的声音表达，不能有太大的声音差别，让听者误认为是另一个人物，从而影响对整个作品的感知。如对《没有牙齿的大老虎》中狐狸略带鼻音、音调较高、嗓音较细、拿腔拿调的声音效果的设计，会淋漓尽致地表现它的狡猾和聪明。

二、幼儿童话、寓言的作品表达指导

1

整条街最胖的妈妈
张金晶

猪妈妈骄傲地挺着大肚子，和猪爸爸//手挽手//在街上走。
（仰头，一手叉腰一手摸着肚子）

"猪太太，恭喜你啊！"迎面走过来的鸡妈妈说。

"恭喜你，猪太太！"迎面走过来的鸭妈妈说。

第十个走过来的是鹅妈妈，还没等她开口呢，猪妈妈就已经笑着说："谢谢你啦！"
（点头）〈笑语〉

猪妈妈不知道，猪爸爸也不知道，他们的两个宝宝——两只小猪，这会儿//正躲在围墙后面//悄悄议论呢。
〈轻声地〉

"真糟糕！我们的妈妈太贪吃了，她成了整条街最胖的妈妈。"
（皱眉、噘嘴）〈童音〉

晚上，两只小猪透过门缝看到：妈妈睡了//大半个床！爸爸只睡
〈轻声地〉（侧着头、瞪着眼看）

了床边//一点点的地方。

"真可怜,爸爸快要//没地方睡了。"
〈噘嘴〉〈同情地,耳语〉

"爸爸夜里//会掉到地上的。"
〈着急地〉

第二天,他们决定要买一件礼物//送给爸爸——那是世界上最大
(双手手心朝上往前探)
的床。

可是,不对呀!它看起来//起码要比小猪家的房子//大上整整
(摆手、摇头)
100倍!

"唉,这件礼物看起来//有点不大合适!"
〈叹气〉(摇头)

到了下午,两只小猪想来想去,决定帮妈妈//减肥。他们打开冰箱,打开抽屉,打开橱门,把一切吃的东西//统统藏起来。

"叮咚!"门铃响了。
〈拟声〉(伸出手指摁铃状)

开门一看,原来是爸爸,门口的手推车上//堆着各种食物。"这些
(拉门动作)
全是给你们的妈妈买的,你们//可别嘴馋哦!"

哈,↘真搞不懂//爸爸是怎么想的!↗
(皱眉)

"哈哈——等你们的妈妈//生下小宝宝,就会变得//跟以前//一
〈笑语〉   (手拍肚子)
样漂亮了。"爸爸说。

"什么!↗哪来的小宝宝?"两只小猪吃惊地问。

"是我的小宝宝,是妈妈的小宝宝,也是你们的//弟弟。"爸爸说。

两只小猪//知道妈妈//胖的原因了!

他们不远不近地//跟着爸爸、妈妈在//街上散步,挺骄傲的!

※ 语音提示:整(zhěng) 你啊(a) 迎(yíng)面 已经(jīng) 门铃(líng)

※ 朗读提示：本文通过有趣的故事，给幼儿讲述了一个生理常识：怀孕。朗读时，应注意用不同的音色来表现不同的人物，特别是两只小猪的所想所做。

2

小猪照镜子
黄婷君

小猪的脸//总是很脏。
（单手指脸）

小猪过生日那天，他的朋友小兔//送给他一面镜子，要他每天
（双手掌心向上合拢，做呈上的动作）

出门前//照一照，"这样，你就能知道脸上哪儿有脏，就可以把脏//
（左手举起，做照镜子的动作）　　　　　　（保持左手动作，右手做擦脸动作）

擦掉。"

第二天一早，为了不让镜子//照出脏来，小猪把脸//洗得干干净净的。但当他//正要照镜子的时候，飞来一只苍蝇，扔炸弹一样，
（双手做洗脸的动作）　　　　（左手掌心朝脸稍举起）

"啪"//一点苍蝇屎掉到镜子上。这样，镜子里的小猪就成了一只//脏小
（眼睛看左手，做吃惊状）

猪。小猪赶紧拿毛巾来擦脸。擦一次，照镜子……怎么老是擦不掉？
〈着急地〉（右手做擦脸的动作一下，左手掌心朝脸稍举起同时看左手，皱眉）

"小猪！"小兔来叫小猪去玩。
（做呼喊状）

小猪说："等一等，我不把脸擦干净是不能出门的。"
（伸长脖子、憨厚地边做擦脸动作边说）

"对。"小兔就在门外等。可是等了很久//还不见小猪出来。小
（皱眉）

兔进去一看，这才弄明白是怎么回事。

"小猪呀，你搞错了，"小兔把镜子上的苍蝇屎给小猪看，"脏的是
（左手掌心朝上，右手点指左手）

镜子,你的脸已经擦得很干净很干净了。"

可从这以后,每当小猪照镜子,看到镜子里的小猪脸上脏了,他就想:"这是镜子脏了,我的脸 // 其实是很干净的。"所以,尽管小猪天天照镜子,他还是一只 // 脏小猪。

〈自信地〉

※ 语音提示:脏(zāng)　尽(jǐn)管　明白(bai)　弄(nòng)
※ 朗读提示:朗读时,主要从声音和动作形态上把握小猪的憨态,与兔子的灵巧形成对比。小猪的声音稍慢、稍粗,小兔的声音清脆悦耳。

3

9 和 0
佚 名

0、1、2、3、4、5、6、7、8、9,十个数字娃娃,排着队做游戏。
　　(伸出手指从左到右点数)　　　　　　　　　　　　(竖大拇指)
9字当队长。

9当了队长,骄傲起来,看不起别的数字娃娃,特别看不起0。
　　　　　〈得意扬扬地〉　　　　　(蔑视)

一天,9对0说:"0,你怎么配和我们在一起,你一点用处都没有。"
　　　　　(瞧不起,挺胸,拍胸)　　　　　　　(手心朝外摆手)

0听了,圆圆的眼睛里泪水汪汪。
　　　　　(委屈,哭腔,眨眼)

这时,1看了很生气,说:"喂,0也是我们的队员,你不应该欺
　　　　　　　　　〈大声地〉
负它!"

"谁让你说话来着?"9大声地说,"瞧你瘦得像根火柴棒,没头没
　　　　　〈呵斥〉　　　　　　(奚落,食指做1状)
脑的,两个加在一起,也不过是2"。
　　　　　(再伸出中指)

0在一边说:"只要我和1加在一起,就比你大了。"
〈自信地〉(身体往左靠)

"什么?"9跳起来说,"一万个你加在一起,也还是个0,你怎么
(叉腰跳)　　　(双手食指拇指围成圆圈)(仰头,拍胸)
能和我比呀!"

"不信,咱们就比比看!"0说着跑到1的后面去。
(往后往左做跑步状移动身体)

"好,比就比。"9气得横眉竖眼的,说:"现在就请布娃娃当裁判!"
(右手伸出做"请"状)

于是,它们三个走到布娃娃面前。

9抬起大脑袋,指着1和0说:"布娃娃,你评评看,它们两个在一
(点指"1""0"后拍胸脯)
块,能比我大吗?"

布娃娃仔细一看,笑着说:"当然你大啦!"
(稍夸张左右看)

9说:"它们两个比我大,我不信!"
(先点指"1""0"然后仰头)

布娃娃说:"它们两个在一起就是'10'。"说着,拿出九块积木堆在一起,又拿出十块积木堆在一起,问9:"你瞧,哪一边大?"

9瞪着眼睛,抿着嘴巴,不说话。
(瞪眼,抿嘴)

"你说话呀,到底是你9大,还是人家10大?你不说,就让小朋
(看着9说)
友来说。

小朋友,你们说,是9大,还是10大?"

※ 语音提示:抿着(mǐn zhe)　欺负(qī fu)　小朋友(xiǎo péng yǒu)
※ 朗读提示:朗读时用不同的音色区分角色,重点把握"9"从骄傲到惊讶的变化过程。用较夸张的声音、合适的体态语表现"9"瞧不起人,声音坚实、饱满地表现"0"的不服气。

4

蜗牛饼干

李珊珊

有一只蜗牛,他总是慢吞吞的:慢吞吞地走路,慢吞吞地说话,慢
〈稍慢地〉
吞吞地//看别人做事情。

他看到一个厨师在做饼干,就停下来//看看。这个厨师也是慢吞
吞的,而且喜欢自言自语。真神奇呀——那些面粉、鸡蛋、黄油、白糖
〈稍小声〉　　〈惊喜地〉
一眨眼//就变成了面团团,再用漂亮的模具一压,放到烤箱里一烤,就
（手做压的动作）
变成了//美味的饼干。蜗牛//把每个步骤都看得很清楚,听得很清楚。
（深呼吸嗅香味）　　　　　　　　　　　　　（手做听的动作）

"做饼干//简直太棒了!"蜗牛想,"我一定要做一块//超级大饼
〈开心地〉　　　　　　　　　　（双手前伸抱东西状）
干,让朋友们都来吃!"

蜗牛回到家,好不容易和好了面团,真的//很大哦,有"蜗牛"那
（和面动作）
么大!现在,只要给面团定型,经过烘焙之后,就变成//好吃的饼干了。
（手抹嘴）〈满足地〉

"哎呀!"蜗牛突然想起来,忘记准备模具了。可是,//他的家离
（拍头）　　　　　　　　　　　　　　　　　　（皱眉、噘嘴）
商店很远,去买的话又会耽搁很多时间。"怎么办?怎么办?"蜗牛
〈犯难地〉
急得团团转。

突然,//他脚下一滑,重重地//摔倒在面团上。蜗牛难过地想:
（视线向下看）　　　　　　　　　　　〈难过地〉
这下可糟了!面团//一定被我给压坏了!

他难过地爬起来。天哪,↗你猜//蜗牛看见了什么?——面团上
（瞪大眼）〈惊讶地〉

面多了一个漂亮的螺旋形图案！// 蜗牛（壳）的图案！
〈高兴地〉

蜗牛烤好了这块大大的、印着蜗牛花纹的饼干，打电话请来了好朋友 // 紫蝴蝶、小瓢虫、蟋蟀、螳螂。"'蜗牛饼干'简直太美味了！谢
〈大声地〉　　　　　　　　　　　　　　　　　　　（舔嘴）

谢！"朋友们说，// 他们已经吃下了大半个饼干。

蜗牛来不及说"不客气"，因为他得赶紧再吃点儿，谁叫他吃东西
（摇头）　　　　　　　　　　　　　　　　　　〈语速稍快〉

也是 // 超级慢吞吞的呢。

※ 语音提示：着急（zháo jí）　衔（xián）　休息（xiū xi）

※ 朗读提示：这是一篇颇有意思的童话。慢吞吞在很多时候算是一个缺点，但在这篇以蜗牛为主角的童话里，作者并没有刻意放大慢吞吞所导致的不良后果，而是让一个偶然的闪失制造出一个意外的惊喜——一个独一无二的"蜗牛饼干"。朗读时，可用稍缓慢的语速，表现蜗牛的慢吞吞，同时注意角色情绪的转换。

5

没有牙齿的大老虎
冰 子

大森林里，谁都知道 // 老虎的牙齿厉害。

小猴伸着舌头："嗬，比柱子还粗的树，大老虎 // 只要用尖牙一啃
（伸舌）〈明亮、略带夸张的口吻〉　　　　　　　　　　　　（摇头）

就断，真怕人哪！"

"大老虎嚼起铁杆来，跟吃面条一样……"小兔说着，害怕得 // 缩
〈柔而细〉　　　　　　　　　　　　　　　（皱眉、缩头）

起了脑袋。

可小狐狸却说："你们怕大老虎的牙齿，我就不怕！我还要把它的
〈声调较高〉（仰头、满不在乎的神情）（挥手、握拳）

牙齿 // 全部拔掉呢！"

哈哈哈,哈哈哈,谁相信//小狐狸的话呢?↗
〈冷笑〉

"吹牛!吹牛!""没羞!没羞!"小猴和小兔//一个劲儿地笑
〈小猴语〉　　　　　　〈小兔语〉(手指划脸)
小狐狸。

"不信,↗你们就瞧着吧!"小狐狸拍拍胸脯走了。
(拍胸脯)

嗬,↗狐狸//真的去找大老虎了,他带了//一大包礼物:"啊,⋎⋏
(瞪眼)　　　　　　(双手托在胸前)　　　〈夸张地奉承〉
尊敬的大王,我给你带来了世界上最好吃的东西——糖。"
(恭敬地呈献)

糖是什么?老虎从来没尝过,他吃了一粒奶油糖,啊哈,好吃极了!
〈好奇地〉　　(做手拿糖吃状)　〈笑语〉

狐狸以后//就常常给老虎送糖来。老虎吃了一粒又一粒,连睡觉的时候,糖//还含在嘴里呢。

这时,大老虎的好朋友//狮子忙来劝他:"哎哟哟,糖吃得太多,又不刷牙,牙齿会蛀掉的。狐狸最狡猾,你可别上他的当呀。"
〈劝导〉

"嗯。"大老虎答应着,他正要刷牙,狐狸来了:"啊,↗你把牙齿
(点点头)　　　　　　(伸出食指横在嘴前)　　　　〈惋惜〉
上的糖全刷掉了,多可惜呀。"

"可听狮子说,糖吃多了//会坏牙的。"
〈粗、暗〉

"唉唉,别人的牙怕糖,你大老虎的牙这么厉害,铁条都能咬断,
〈蔑视〉　　　　　　〈神气地〉(双手握拳于胸做"掰"状)
还会怕糖。"⋎⋏

"对,对,狐狸说得对!"大老虎不刷牙了,"我要天天吃糖,我的
〈若有所悟〉(点头)　　　　　　〈自信地〉
牙不怕糖。"

啊哈，过了些时候，大老虎痛得//哇哇叫。
〈嘲笑〉

他对马大夫说："快，快把我的痛牙拔掉吧。"唷，马大夫怎么敢拔
（痛苦状）〈祈求〉　〈吃惊〉（头微低、双手背挡在脸前）

大老虎嘴里的牙呢，吓得//连门也不敢开。

老虎又去找牛大夫，牛大夫边逃边说："我……我……不拔你的
（摆手、摇头、惊恐状）

牙……"

唉唉，老虎的脸//肿起来了。痛得他直叫："喔唷，喔唷，痛死
（双手捂住腮帮）〈吼叫〉

啦！谁把我的牙拔掉//我让他做大王！"

这时候，狐狸穿了//白大衣来了，笑眯眯地说："我来给你拔牙吧！"
〈得意扬扬地〉　　　　　　（拍拍胸脯）

"谢谢，谢谢。"老虎捂着嘴巴说。
〈含混不清〉

狐狸一看老虎的嘴巴//就叫了起来："哎哟哟，↗你的牙全得拔掉！"
〈故作惊恐〉

"啊！↗"老虎歪着嘴，一边哼哼，一边说："唉，只要不痛，
（无力张着嘴）　　　　　　（无力歪着头）〈无可奈何〉

拔……就拔。"

吭唷，吭唷，狐狸拔呀拔，拔了一颗又一颗……
（双手握拳做"拔"的动作）

最后一颗牙，狐狸再也拔不动了。
（擦汗、摇头）

嘿，有办法了！狐狸拿着一根线，一头拴住大老虎的牙，一头拴
（拍脑门）　　　　　　　（左手画小圈后不动）（右手画大圈）

在大树上。然后他拿个鞭炮//放在老虎耳朵边，一点火，呼——啪！
（手点指）　〈小声地〉　　　　（瞪眼）〈拟声〉

"哎哟！"老虎吓得//摔了个大跟头。最后一颗牙齿//也掉下来了！
（耸肩）〈大叫〉

哈哈,哈哈,这只没有了牙齿的大老虎//成了瘪嘴老虎啦!他还
〈高兴地〉(摇头)

用漏风的声音,对狐狸说:"还是你最好,又送我糖,又替我拔牙,谢谢,
(瘪着嘴)

谢谢!"
(点头)

※ 语音提示:嚼(jiáo)　尊敬(jìng)　瘪(biě)嘴
※ 朗读提示:由于大老虎的木讷、愚蠢,才使狐狸的阴谋得逞。故用较慢较粗的声音来表现老虎;用略尖偏高的声音和忽高忽低的声线变化来表现狐狸的狡猾。体态语可夸张一些。

6

烦恼的大角
冰 波

有一头小鹿,头上长着特别大的角。"这一对大角,好让人心烦
(皱着眉说)

啊!"小鹿对自己说。是啊,特别大的角会有特别多的麻烦。大家都

到小兔家去做客,只有小鹿进不去,因为他的角//太大了。他去街上
(稍低头再摇头)

玩。还没走多远,很多卖东西的就追上来:"喂,你这个小鹿,怎么乱
〈生气地〉

拿我们的东西啊?"原来,小鹿一边走,一边把人家挂着的商品//钩
(左右摇头)

走了。

有一次,小鹿摔了一跤,大角//插进了泥地里。他四脚朝天躺在
(双手向上摊开,仰头)

那里，直到朋友们来救他，才爬起来。"大角//真不好，它到处惹麻
〈哭腔〉

烦……"小鹿这么想着，伤心地//哭了起来。哭着哭着，小鹿//<u>睡着了</u>。
　　小鹿醒来的时候，看到很多小伙伴围着他，开心地朝他笑"你们
　　　　　　　（揉眼睛）　　　　　　　（疑惑地看周围）

是在笑我的大角吗？↗"小鹿说。大家听了他的话，笑得//更厉害了。
　　原来，小鹿的角上晾着很多东西：小猫的蝴蝶结、小松鼠的围巾、小兔
　　　　　　　　　　　　　　　　　　　　（伸出食指向前点指叙述的物品）

的手帕，还有鼹鼠的手套、小猴的鞋子、小熊的背心……小猫拿出一面
小镜子给小鹿："你自己看看吧。"小鹿朝小镜子里一看，惊奇得叫出
　　　　（双手前伸，手掌立起，掌心朝外）　　　　（探头、睁大眼睛）

声来。大家说："小鹿，你的大角//真有用，我们都需要它！"当然啦，
　　　　　　　　　　　〈赞扬地、羡慕地〉

小鹿的大角//可不只是用来晾东西的！有一次，两只小鸟在小鹿的大
角上//做了个窝。他们说："以后，你到哪儿，我们也到哪儿。"还有一
　　　　　　　　　　　　　　　　〈天真地〉

次，天气太热了，小鹿在大角上//撑开一大块布，小伙伴们都到小鹿
的身边来乘凉。最棒的一次是在圣诞节，大家都往他的大角上系礼物。
　　　　　　　　　　　　　　　（双手从头顶往身体两边画弧线）（双手做系东西状）

他一走，大角上的礼物就叮叮当当响，小鹿觉得自己//就像一棵圣诞
　　　　　　　　　　　　　　　　　　　　（左右摇头两次）

树，那种感觉真是好极了。
　　　　〈幸福地〉

　　"现在，我好喜欢我的大角啊！"小鹿对大家说。

※ 语音提示：麻烦（fan）　鼹鼠（yàn）　圣（shèng）诞　撑（chēng）　系（jì）
※ 朗读提示：本作品主要描写了小鹿的大角，因此，在朗读时要注意把握人物的心理变化，以及体态动作的协调。

7

梦 想 毛 衣
海 梅

熊奶奶 // 一天比一天老了，可是，她还有很多很多的梦想 // 没有
〈稍慢〉 　　　　　　　　　　　〈充满希望地〉〈遗憾地〉
实现。

"唉，日子一晃 // 就过去了！"熊奶奶有时候想。不过，熊奶奶觉
　　　　〈语速稍慢〉

得 // 虽然有一些梦想没有实现，但是 // 心里有梦想 // 就是一件很美的事儿。

熊奶奶 // 买了好多毛线，每天 // 坐在大树下面 // 织毛衣。织呀，
　　　　　　　　　　　　　　　　　　　　　　（双手作编织状）
织呀，熊奶奶把自己的 // 一个又一个美好的梦想 // 都织进了毛衣里，她给它们取名叫 // "梦想毛衣"。熊奶奶把毛衣 // 都送给了小朋友。

小羊穿上熊奶奶的毛衣后，种了 // 好大一片花园，它把自己种的鲜花 // 送给了大家。

小鹿穿上熊奶奶的毛衣后，开了一家 // 野菜餐厅，请来了 // 许多城里的小朋友，让大家 // 品尝美味的野菜。

大象穿上熊奶奶的毛衣后，建起了一所很大很大的动物园幼儿园，家长们 // 都放心地 // 把孩子们 // 送到了大象幼儿园。

小猴穿上熊奶奶的毛衣后，有了自己的百果园……

原来，只要穿上熊奶奶的梦想毛衣，大家 // 就有了 // 自己的 // 梦想。

※ 语音提示：梦（mèng）想　奶奶（nǎi nai）　餐厅（cān tīng）

※ 朗读提示：梦想的毛衣就像彩虹一样绚丽，让朗读者去想象。让我们带着对未来的美好遐想和熊奶奶一齐编织梦想吧！

8

雪 孩 子
稽 鸿

雪，下个不停，一连下了好几天。
〈柔美、稍慢〉

一天，天晴了，兔妈妈要出门去。小白兔嚷着："妈妈，我也要去！"
〈明亮〉〈撒娇〉

兔妈妈说："好孩子，妈妈有事，你不能跟了去。"兔妈妈//给小白
（微笑）〈温和〉

兔//堆了个//雪孩子，小白兔有了小伙伴，心里真高兴，就//不跟妈
（双手在胸前画"雪孩子"）

妈去了。

小白兔跳舞给雪孩子看，唱歌给雪孩子听。他玩累了，就回家去睡午觉。"屋子里真冷，//赶快往火堆里添把柴！"
（双手抱肩打一个"激灵"）

小白兔添了柴，把火//烧得旺旺的，屋子里//就暖和了。他躺在床上，合上眼睛，一会儿就睡着了。
（仰头、闭眼）　　　〈渐弱〉

火越烧越旺。哎呀，火把旁边的柴堆//烧着了。可是小白兔睡得
〈用旁观者的口吻、焦急地、声弱〉

正甜，他一点儿也不知道。

火越烧越旺，小白兔家着火了。可是小白兔睡得正香，他一点儿
〈用雪孩子的口吻〉

也不知道。

"不好啦，小白兔家着火了！"雪孩子看见小白兔家的窗子里//
　　　　　〈自言自语〉（皱眉）　　　　　　　　　　　〈急切地〉

冒出黑烟，冒出火星，他一边喊，一边向小白兔家奔去。
〈渐快〉

"小白兔，小白兔，你在哪里？"雪孩子冲进屋子去，冒着呛人的
〈急切地大声呼喊〉　　　　　　　　　（手捂鼻）

单元三 幼儿童话 寓言 093

烟,烫人的火,<u>找呀</u>,<u>找呀</u>,找到小白兔了,连忙把小白兔抱起来,跑出
　　　(左右巡视)　　　　　　　　　　　　(双手抱胸)

屋子去。

　　小白兔//<u>得救了</u>,可是雪孩子//<u>融化了</u>,浑身//水淋淋。

　　这时候,树林里的小猴子、小刺猬,都赶来救火了,不一会儿,就把火//扑灭了。

　　兔妈妈回来了,她说:"谢谢大家来救火,谢谢大家!"
　　　　　　　　　　　(向左向右点头)

　　小猴子、小刺猬他们说:"是谁救了小白兔,↗真得//谢谢他呀!"
　　是谁救了小白兔?是//雪孩子。可是雪孩子//不见了,他已经化
　　　　　　　　　　　　　　　　　　　　　　　〈伤感地〉

成了//水。不,雪孩子还在呢,瞧,太阳晒着晒着,他就变成<u>很轻很轻</u>
　　　　　　　　　　　　　　　　　　　　　　　　　　　〈虚声〉

的水汽,飞呀,飞呀,<u>飞到天空里去</u>,变成了一朵白云,一朵//美丽的//
　　　　　　　　　　　(抬头看天,越看越远)

白云。

※ 语音提示:晴(qíng)　柴(chái)堆　着(zháo)火　呛(qiàng)人
※ 朗读提示:这是一篇非常优美的童话故事,能让小朋友的心灵受到一次洗礼,就像雪孩子一样雪白、空灵……语言的柔美、细腻,语速的快慢变化,让雪孩子在幼儿的心里留下美好的印象,也许,在多年以后我们还会想起善良、可爱的雪孩子。

9

妈妈受伤了
吕丽娜

　　有一天晚上,猪妈妈很晚才回到家。"妈妈,妈妈!你怎么啦?"
　　　　　　　　　　　　　　　　　　　　　　　〈焦急地、担心地〉

七只小猪//害怕地围住猪妈妈。最小的猪宝宝吓得哭起来。
　　(皱眉、噘嘴)〈略带哭腔〉

"妈妈受伤了,这两个星期//都不能出去挣钱了。"猪妈妈平静地说。
〈摇摇头〉

"没有钱,就买不了面包和香肠了。"小猪们担心地想,"我们会挨
(噘嘴;右手弯曲,在身体右侧左右摆动)　　　　　(头稍低)〈可怜地〉
饿吗?↗"

第二天早晨,小猪们惊奇地听到//猪妈妈像平常一样哼着歌。他
们不担心了,要是他们会挨饿的话,妈妈还能唱歌吗?↗"宝贝们,吃
　　　　　　　　　　　　　　　　　　　　　　　(微笑、摇头)
早饭了!"猪妈妈在厨房敲响了碗筷,"小红猪、小蓝猪,把剩下的面
〈稍大声,呼喊〉　　　　　　　　　　(身体稍向左,眼睛看左前方)
包和香肠拿出来;小花猪、小黑猪,把食物给大家分好了。吃完早饭,
　　　　　　　　　(身体转向右,眼睛看右前方)
我们一起出去找食物……"看着猪宝宝们//又快乐又忙碌的样子,猪
妈妈开心地笑了!她相信//她的猪宝宝们可以把事情做得和她一样
好!猪妈妈带着小猪们来到了大森林里。整整一天,小猪们都在猪妈
妈的指挥下采蘑菇、捡橡子、摘野果。
(从"采蘑菇"起,左手依次点指身体左边、身体前方、身体右边)

傍晚,小猪们的背包里//塞满蘑菇、橡子和野果。猪妈妈//还不
忘让最小的猪宝宝摘一束鲜花带回家。这天的晚饭是//烤橡子和蘑
菇汤,虽然//比不上面包和香肠,但也很不错!
(双手在胸前做捧花状)

而且,这顿饭是小猪们有生以来做的第一顿饭!这顿简单的晚餐
〈骄傲地〉
//简直像宴会一样令人难忘。接下来,小猪们又度过了许多个快乐的
〈回味地〉　　　　　　　　　　　　　　　　　　(微笑)
日子,猪妈妈每天都有办法//让他们吃到东西。那些东西有时很好吃,
　　　　　　　　　　　　　　　　　　　　　(高兴地点头)
有时不怎么好吃,但他们总能吃饱。
(摇头)(双手摸肚子,做吃饱状)

一天早晨，猪妈妈拆掉了绷带，她的伤全好了。"宝贝们，我们度
〈笑语〉
过了一段困难的日子。"猪妈妈微笑着说。可是//小猪们并不这样想。
（微笑）〈慈爱地〉

他们想的是，他们有一个永远不灰心、永远有办法的//好妈妈！

※ 语音提示：挣（zhèng）钱　蘑菇（mó gu）　森林（sēn lín）　困难（kùn nan）
※ 朗读提示：这个故事让我们感受到：猪妈妈在受伤后，原本看来是一段困难的日子，却成了小猪们快乐的时光。朗读时，猪妈妈的声音缓慢、温柔，小猪用天真、甜美的童声。叙述时声音轻快、柔和。

⑩

闹钟不响了
方素珍

整个晚上，葱花母鸡在家里//走过来，走过去："哎呀！明天我要去森林幼儿园讲故事，我好紧张，又好怕迟到，怎么办？↗"
（皱眉；单手放在胸前，紧张状）

葱花母鸡跑去找朋友帮忙。

小黄狗说："没问题，明天一早，我叫你起床。"
（拍胸脯）

大脚鸭说："我比小黄狗起得更早，我一醒来，就去叫你。"

葱花母鸡说："好吧！你们两个一定要当我的闹钟喔！"
（松口气，然后再说）〈郑重地〉

"放心啦！我们保证//是最吵的闹钟。"

半夜里，葱花母鸡梦见自己迟到了。她吓得醒过来，跑去找小黄
（瞪大眼睛）　　（双手往前来回推）〈着急地，呼喊〉

狗："喂！你不要睡过了，要记得叫我喔！"

"喔——好啦——"
（揉揉眼睛，迷糊状）

葱花母鸡回家//躺了一会儿，她翻过来翻过去，还是不放心，又跑
（头向左向右摇动一次）
去找大脚鸭："喂！拜托！一定要记得叫我喔！"
〈请求地〉

"喔——知道啦——"
（迷糊地点头）

整个晚上，小黄狗和大脚鸭//被葱花母鸡吵醒了三次……
〈同情地〉（单手竖起三个手指）

第二天，太阳//晒屁股了，小黄狗、大脚鸭和葱花母鸡却还在呼呼
（双手合拢放在脸的一侧，睡觉状）

大睡呢！
葱花母鸡//当然迟到了！她急得大叫："喂！你们这两个闹钟//
（单手指身体前方）（生气地跺脚）

坏掉啦！"
小黄狗和大脚鸭委屈地说："你吵得大家都没睡好嘛！所以，所
（噘嘴）〈委屈地〉（低头）〈愧疚地〉

以……"
葱花母鸡已经管不了谁对谁错了，她又急又气，又跑又跳地冲进
（摇头）

森林//讲故事去了……
（眼睛望远处）

※ 语音提示：闹钟（nào zhōng）　吵醒（chǎo xǐng）　更（gèng）
※ 朗读提示：本篇故事轻松、幽默。朗读时，可用稍快的语速，表现葱花母鸡要到幼儿园讲故事却害怕迟到的紧张情绪。

11

小狗狗的心里话
安 秀

一只小狗狗,在海边和主人//走散了,急得"汪汪"大叫。
　　　　　　　　　　　(皱眉)

它看见沙滩上//有个白东西在动弹,就悄悄挪过去,"啊,原来是只//受伤的小海鸥。"小狗狗肚子"咕咕"叫起来,"看我慢慢//吃掉他。"
　　　　　　　　　　　(摸摸肚子)　　　　　　　〈小声地〉

这时,小海鸥忽然睁开眼:"哦,原来是你救了我,小狗狗谢谢
　　　　　　　(闭眼再睁眼)〈柔弱〉

你……"小狗狗吃了一惊,"我正要吃掉他,他倒要来谢我,真傻。"
　　　　　　　　〈小声地〉　　　　　　　　　〈嘲笑地〉

小海鸥又说:"小狗狗,你怎么一个人在这里,你受伤了吗?↗↗"
　　　　　　　　　　　　　　(抬头)〈关切地〉

小狗狗瞪着眼睛想,"它自己都不知能活多久,还替别人瞎操心。"
　　　　(瞪眼)　　　〈冷漠地〉

"你怎么不说话?↗↗"小海鸥打量着小狗狗,"噢,原来是只//
　　　　　　　　　　　　　(眨眨眼)　　　　　　　(点点头)

哑巴小狗狗,真可怜。"
　(摇头)〈惋惜地〉

"我才不是哑巴小狗狗呢!"小狗狗刚想分辨,可又害怕自己//
　　　　　　　　　　(噘嘴)　　　　　〈小声地〉

一张口,会忍不住把小海鸥吞掉,那就不知道//小海鸥//要说什么了。

"让我来猜猜,你为什么一个人在这里。"小海鸥想了一下说,"你
　　　　　〈柔和地〉　　　　　　　　　　〈关切地〉

是走丢了吧? 不要害怕//我会陪着你,讲故事给你听。"小狗狗咬着嘴唇点点头,鼻子酸酸的,眼泪//在眼睛里//直打转转儿。他已经//
　　(略带拖腔)〈哭腔〉

不打算吃掉小海鸥了,因为,有小海鸥和自己说着话,心里才觉得好过些。
　　(摇头)　　　　　　　　　　　　　　　　　　　〈若有所思〉

小狗狗把小海鸥捧在脸边,用舌头给它舔着伤口,听小海鸥给它
〈双手托在腮边,轻摇头〉
讲天上的云朵,船上的风帆,还有海上的渔火……
〈声音渐慢渐弱〉

不知不觉的,小狗狗在小海鸥的故事中//睡着了。
"小狗狗,小狗狗……"
〈焦急地大声呼喊〉(伸长脖子)
小狗狗//被一阵熟悉的声音//惊醒了,"啊,是主人,是主人来找
〈急切地〉
我了!"小狗狗一机灵爬起来,小海鸥从它手里//滑落在了//沙滩上,
(吃惊地低头看)
它看见,小海鸥的身体//已经僵硬了。
　　小狗狗"哇"地一声大哭起来:"小海鸥,我不是哑巴小狗狗,你听我说呀,我有好多话//要告诉你呢……"
〈泣声〉

※ 语音提示:东西(dōng xi)　舔(tiǎn)　捧(pěng)
※ 朗读提示:本文略带悲剧色彩。善良的小海鸥因受伤,声音细腻而温柔;小狗狗多是心理活动,声音不能太大;在叙述时声音相对较明亮。

12

猴 吃 西 瓜
佚 名

猴儿王找到个大西瓜。可是怎么吃呢?↗这个猴儿啊//是从来也没吃过西瓜。突然他想出一条//妙计,于是//就把所有的猴儿//都
(微笑)
召集来了,对大家说:"今天//我找到一个//大西瓜,这个西瓜的吃法
(仰头、叉腰、俯视)　　　　　　　　　　　　　　　　(拍拍胸脯)

嘛，我是全知道的，不过//我要考验一下//你们的智慧，看你们谁能说
(一手叉腰,一手点指)(微笑)〈柔和地〉
出西瓜的吃法，要是说对了，我可以多分它一份；要是说错了，我可要
惩罚它！"小毛猴儿一听，搔了搔腮说："我知道，吃西瓜是吃瓤！"
〈严厉地〉　　　　　　　(挠挠腮)

　　猴儿王刚想同意。"不对，我不同意小毛猴儿的意见！"一个短尾巴猴儿说，"我清清楚楚地记得//我和我爸爸//到我姑妈家去的时候，吃过//甜瓜，吃甜瓜//是吃皮，我想//西瓜是瓜，甜瓜也是瓜，当然该吃皮啦！"大家一听，有道理，可到底谁对呢，↗于是//都不由//
(点头)
把眼光//集中到一只//老猴儿身上。老猴一看，觉得出头露面的机会
(视线随头慢慢转动)(睁大眼看)
来了，就清了清嗓子说道："吃西瓜嘛，当然……是吃皮啦，我从小就
〈虚声〉(发自内心的喜悦)　　　　　　　〈咳嗽声〉(音粗而发颤)
吃西瓜，而且一直//是吃皮。我想//我之所以老而不死，也正是由于
〈较用劲〉
//吃了西瓜皮的缘故！"

　　有些猴儿//早等急了，一听老猴儿也这么说，就跟着嚷起来，"对，吃西瓜吃皮！""吃西瓜吃皮！"猴儿王一看，认为已经找到了//正
(握拳举手)　　　〈吵闹声〉　　　　　(左右巡视)
确答案，就向前//跨了一步，开言道："对！大家说得都对，吃西瓜是
(双手叉腰跨步)　　　　　　　　　　　　〈肯定地〉
//吃皮！哼，就小毛猴儿崽子说吃西瓜是吃瓤儿，那就叫他一个人吃，
(点指小毛猴儿)〈奚落〉　　　　　　　〈严厉地〉
咱们大家//都吃西瓜皮！"于是//西瓜//一刀两断，小毛猴儿吃瓤儿，
(笑)〈柔和地〉　　(劈掌)　　　　　　　　　(微笑)
大家伙儿是//共分西瓜皮。

　　有个猴儿吃了两口，就捅了捅旁边的说："哎，我说//这可不是滋
〈耳语、难受〉
味啊！"

"咳——老弟,我常吃西瓜,西瓜嘛,就这味……"
　(侧头)　　　　　　　　　　　　　〈耳语〉

※ 语音提示:召(zhào)集　惩罚(chéng fá)
※ 朗读提示:猴儿王具有王者风范,说话声大有魄力;小毛猴纯真、机灵,语速快而声音明亮;短尾巴猴儿头脑愚钝,分析问题不全面,语速稍慢;老猴不懂装懂很虚伪,声音颤抖沙哑而稍拖沓。朗读时注意角色的转换。

13

胡萝卜蛋糕
樊 雪

　　兔子跳跳过生日的时候//好朋友大门牙兔//送给他一颗胡萝卜种子。跳跳把胡萝卜种子种下去。每天早上,他都要向胡萝卜种子问好:"种子,种子,早上好!种子,种子,快发芽!"收获的时候到了,
　　　　　　　　　　　(低头)
跳跳把胡萝卜拔起来,欢喜得不得了。
(双手掌心向上高兴地看)
　　妈妈说:"跳跳,我给你做胡萝卜色拉。""不,不,我舍不得把它吃
　　　　　　　　　　　　　　　　　　　　　　　(摇头)
掉。"说完,跳跳赶紧把胡萝卜//藏到了自己的房间里。大门牙兔到跳跳家玩,她对跳跳说:"你的胡萝卜收获了,我们来做胡萝卜冰激凌吧!""不行,不行!我好喜欢这根胡萝卜啊!"跳跳一边说一边拿
　　　　　　　　　　　　　　　　　　　　　　　(摇头)
出他的蔬菜饼干,"来,我们吃这个!"等大门牙兔回家后,跳跳把胡
　　　　　　　(单手掌心向上)
萝卜//藏到了床底下。兔子奶奶生病了,妈妈要去看望她。跳跳知道,
　　　　　　　　(手指示)
奶奶最爱吃//又红又嫩的胡萝卜。"可是,我好喜欢这根胡萝卜啊!"
　　　　　　　　　　　　　　　　　　　　〈舍不得地〉

单元三 幼儿童话 寓言

跳跳自言自语地说。"也许,奶奶吃了这根胡萝卜,身体就好了呢!"
〈点点头〉

跳跳又想。最后,他还是把床底下的胡萝卜//拿了出来。跳跳和妈妈//一起做了一个非常好吃的胡萝卜蛋糕。奶奶吃了胡萝卜蛋糕,病//真的就好了。

现在,跳跳又在播种胡萝卜种子了。不过,不是一颗,而是许多种子。
〈伸出食指〉〈双手向上捧起〉

"这样,到了收获的时候,大家就能吃到//好吃的//胡萝卜色拉、
〈高兴地想象〉
胡萝卜冰激凌和胡萝卜蛋糕了。"跳跳开心地想。

※ 语音提示:胡萝卜(luó bo) 又红又嫩(nèn)
※ 朗读提示:故事描写了跳跳从自私到有爱心的转变过程;表达时要突出表现跳跳舍不得的心理状态。

14

河马的晚餐

佚 名

一次,有只河马走进饭店,坐在//他最喜欢的位置上。
〈摇头晃脑〉

他大声叫道:"服务员,我要一份汤,一份卷心菜,一份马铃薯。
〈大声地、音色较粗〉
请快点,我的肚子已经很饿很饿啦。"

只一会儿工夫,服务员就把饭菜//送来了。河马看着菜盆,可不满
〈低头看,再摇头〉
意啦。他气呼呼地说:"服务员,就这么一丁点吗?还不够//一只鸟儿
〈不满地〉
吃呢。我要一大缸豆腐汤,一大桶卷心菜,像小山似的一堆马铃薯。"
〈两手围成圈做两次〉 〈两手指尖相对再分开〉

服务员连忙回到厨房,给他搬来了//一大缸豆腐汤,一大桶卷心菜,像小山似的//一堆马铃薯。

河马高兴了,他"咕喳咕喳"吃起来,不一会儿就全吃光了。

"真好吃。"河马用餐巾纸抹抹嘴巴,准备走了。
（点点头,擦嘴）

可怎么啦?他连动也不能动一下了。他吃了一惊,瞧瞧自己的肚
（摇晃头）　　　　　　　　　　　　　　　　（挺肚子、手摸肚子、看肚子）
子,已经胀得很大很大了,被夹在座椅和桌子中间了。他拉呀,拉呀,
　　　　　　　　　　　　　　　　　　　　　（双手叉腰摇晃上身）
拼命想把身子拉出来,但一点也拉不动。他已经没法儿//让自个儿的
〈难受地〉
身子移一移啦!

一个多钟头过去了,别的顾客们//一个个吃完晚饭都走了。

厨师脱下工作服,离开了锅台。服务员洗完碗筷,关掉了电灯。
　　　　　（不舍地目送别人离开）

他们//全都回家去了。

店堂里//空荡荡的。河马//孤零零地坐在那儿,一个连一个地打着饱嗝。他看看黑乎乎的餐厅说:"唉!我真不该吃这么多!"
〈打嗝声〉　　　〈懊悔地〉

※ 语音提示:似（shì）的　拼命（pīn mìng）
※ 朗读提示:整个故事夸张、幽默,幼儿笑过之后,会受到启发,引起思考。朗读时用笨拙的形态和较粗的嗓音来塑造河马。

15

华佗拜师
民间故事

东汉时期,有一位神医//叫华佗。他七岁时,父亲就去世了。由于家里穷,母亲//就让他//到父亲生前的好友那里//去学些医术。

华佗找到了父亲的好友,并说自己想拜师学艺。那个人打量了一
（上下打量）
下华佗,心想:不知道这个孩子//天资怎么样?得考考他才行。
〈偏暗地〉（背着双手摇头）　　（点点头）
那个人想了想,指着院子里//那棵很高的桑树//对华佗说:"你
（手指前方）
能采到//最高的那条枝上的桑叶吗?"华佗说:"这很容易呀。"说完,
（笑、仰头）（左手手指聚拢在胸前不动,右手在左手上画圈,做拴绳状）
他便拿起了一根绳子,在绳子的一端拴上一块石头,然后拎着另一端,
朝那条枝//使劲一抛,绳子//缠在了树枝上,把树枝压低了。华佗跑
（右手手掌放在肩上,再往前伸直手臂,做抛绳状）
到跟前//很容易就采下了桑叶,那人捋着胡须点了点头。
（高兴地捋胡须状点头）
这时,两只山羊在院子里打起架来,谁也没办法把它们分开。那
（双手在胸前合拢后分开）
个人转过头去,又对华佗说:"你能把它们//分开吗? ↗"
华佗想了想,跑到路边割了些嫩草,分别放在//羊的两边。两只
（低头）　　（双手分开掌心朝上）
羊一见嫩草,根本没心思打架,立刻分开,径直地走过去吃草了。那个
人看华佗//的确很聪明,就决定//收他为徒了。
（微笑点头）
小朋友,遇到困难,不想办法,光靠蛮干//是不行的。
〈教导性地〉　　　　　　　　　　　　　　　（摇摇头）
我们应该//向聪明的小华佗学习,动脑筋,想办法,利用自己掌握
〈赞扬〉
的知识//和外界工具//去解决//身边的难题。

※ 语音提示:华佗（huà tuó）　拎（līn）　嫩草（nèn cǎo）
※ 朗读提示:这是一篇传说故事,使小朋友听后受到教育、启发。应用偏实的声音来讲述。

16

乌鸦和狐狸

[古希腊] 伊索寓言

　　上帝不知怎么 // 赏给乌鸦一小块乳酪,乌鸦躲到一棵枞树上。它
　　　　　　　　　　　　　　　　　　　　　　　　　　（右手指左上方）〈轻声地〉
好像已经安顿下来,准备享受它的口福了。但是 // 它的嘴半开半闭着,
　　　　　　　　　　　　　　　　　　　　　　　（摇头、闭眼）
含着那小块美味的东西 // 在沉思。
　　不幸,这时候跑来一只狐狸,一阵香味 // 立刻使它 // 停住了。它
　　　　　　　　　　　　　　　　　　　　（深呼吸嗅香味）
瞧瞧乳酪,舔舔嘴。这坏东西跷起脚 // 偷偷地走近枞树。它卷起尾巴,
　（抬头、舔嘴）　　　　　　　　（脚后跟走路）〈轻声地〉（瞪眼）
目不转睛地瞅着。它那么柔和地说话,一个字 // 一个字 // 都是 / 细声
　　　　　　　　　　　　　　　　　　　　　　　　　　　　〈柔和地〉
细气的。
　　"你是多么美丽呀,甜蜜的鸟,那脖子,唷,那眼睛,美丽得 //
　　　　　　　　　　（抬头、双眼微合,做陶醉状）〈夸张地赞美,声音细而柔〉
像个天堂的梦!而且,怎样的羽毛!怎样的嘴呀!只要你 // 开口,一
　　　　　　　　　　　　　　　　　　　　　（屏息注意乌鸦的反应）
定是天使的声音。唱吧!亲爱的,别害臊!啊!小妹妹,说实话,
　　　　　　　　　〈鼓励地〉　　　　　　　　　　（手指示）
你出落得这样美丽动人,要是唱得 // 同样的美丽动人,那么 // 在鸟类
　　　　　　　　　　　　　　　　（仰头、右手扶脖子）　　（做膜拜状）
之中,你就是令人拜倒的 // 皇后了!"
　　那傻东西 // 被狐狸的赞美 // 搞得昏头昏脑,高兴得连气也透不过
〈带嘲讽地评说〉
来了。它听从狐狸的柔声劝诱,提高嗓门儿,尽乌鸦之所能,叫出 // 刺
　　　　　　　　　　　　　　　　　　　　　　　　　　　　〈变音色〉
耳的声调。

乳酪//掉下去了！——乳酪和狐狸都没影了。
(低头看) 〈渐弱〉(摇头)

※ 语音提示：怎么（zěn me） 乳酪（lào） 沉思（chén sī）
瞅着（chǒu zhe） 声音（shēng yīn）

※ 朗读提示：这则寓言告诉我们不从自身实际出发，只听信别人赞美之词会给自己带来危害。朗读时，应把握全文的语速，在一松一紧的节奏中使故事更具动感。可选用略带鼻音、忽高忽低的腔调，来表现狐狸的狡猾。

17

乌 鸦 喝 水

[古希腊] 伊索寓言

一只乌鸦感到十分口渴，就四处寻找，希望能找到清水喝。最后，
〈稍慢地〉

//它在一棵大树下发现了//一只水罐。
(视线向下)

它来到水罐旁，想把嘴伸进罐子里喝水。但是//罐口太小了，而
〈努力地〉 〈焦虑地〉

水又太少，它//根本够不着。
(摇头)

乌鸦很着急，使劲地推水罐，希望把它推倒。但是//水罐非常重
〈着急地〉

根本推不动。
(双手往前用力推)

乌鸦又渴又累，只好站在水罐旁边休息。//这时，它无意间看到
〈无奈地〉 (左右巡视)〈重音轻吐〉

了地上的小石子，于是想到了一个喝水的好办法。
〈开心地〉

　　　　　它用嘴衔起小石子，把它们//一颗一颗地放进水罐里。随着罐里
　　　　　　　　　　　　　　　　（单手放东西状）
小石子的增多，水面开始逐渐上升。最后，水一直升到罐口，乌鸦//一
　　　　　　　　　　（单手从下往上滑动，上升状）
伸嘴就能喝到水了。
　　　　　〈开心地〉
　　　　　多聪明的乌鸦啊！看来，智慧也是一种力量。做事情，//光有力
　　　　　〈神气地〉　　　　　　（单手做加油动作）　　　　　〈有力地〉
气还不够还要好好儿开动脑筋想办法，这样//才能取得成功。
　　　　　　　（头侧向一边，手指着头）

※ 语音提示：着急（zháo jí）　衔（xián）　休息（xiū xi）
※ 朗读提示：这则寓言故事告诉人们，遇到困难的时候，要善于思考，动脑筋，困难的事情就能够迎刃而解。朗读时，注意把握语速，表现乌鸦找不到水喝的着急，找到水又喝不到嘴里的无奈，通过自己的辛勤劳动终于喝到了水的喜悦。

18

狼 和 小 羊
[古希腊] 伊索寓言

　　　　狼//来到小溪边，看见小羊在那儿喝水。
　　　（伸出右手）

　　　　狼非常想吃小羊，就故意找碴儿，说："你把我喝的水弄脏了！你安的什么心？"小羊//吃了一惊，温和地说："我怎么会把您喝的水弄
　　　　　（左手指前方）　　　　　　　　　　　　　　　　　　〈可怜地〉
脏呢？您站在上游，水是从您那儿//流到我这儿来的，不是从我这儿//流到您那儿去的。"
（伸出右手，左右摆动各一次）

　　　　狼气冲冲地说："就算这样吧，你总是个//坏家伙！我//听说，去
　　　〈恶狠狠地〉

年//你在背地里说我的坏话！"可怜的小羊喊道："啊，//亲爱的狼
　　〈无理、狡猾地〉　　　　　　　　　　　　　　　（双手胸前抱拳）
先生，那是不可能的，去年//我还没有生下来哪！" ↗
　　　　〈央求、无助、略带哭腔地〉

　　狼//不想再争辩了，龇着牙，逼近小羊，大声嚷道："你这个小坏
　　〈凶恶、强势地〉　　　　　　　　　　　　　　（瞪眼）
蛋！说我坏话的//不是你//就是你爸爸，反正都一样。"说着就往小
羊身上扑去，吃掉了小羊。

※ 语音提示：弄脏（nòng zāng）　您（nín）　争（zhēng）辩　龇（zī）
※ 朗读提示：本作品中狼给我们老奸巨猾的印象，可处理为粗哑的声音；小羊可处理为童声音色，体现小羊的温和、善良、弱小。

做一做　单元练习

一、填空

1. 幼儿童话是一种符合 _____ 方式的，以 _____ 为描述重点的奇妙故事。
2. 寓言是一种 _____ 的简短故事。

二、简述

简述语言和幼儿童话的区别。

单元四

幼儿
故事

4

学习目标：

　　掌握幼儿故事、幼儿生活故事的概念，阅读故事的要领；理解幼儿故事、幼儿生活故事的特点；了解幼儿故事的类别。

学一学　基础知识

一、幼儿故事的概念

　　幼儿故事在幼儿文学中占有很重要的地位。幼儿故事有广义、狭义之分：广义的幼儿故事包括一切适合于幼儿听或阅读的笑话、神话、传说、童话、寓言等叙事文体的作品；狭义的幼儿故事指内容偏重写实，适合幼儿接受的供幼儿阅读、聆听的叙事体的文学形式。这里阐释的是狭义的幼儿故事。

　　幼儿故事作为一种独立的文体有着自己的特点。

二、幼儿故事的特征

（一）内容的现实性

　　幼儿故事内容的现实性是它区别于幼儿童话、寓言的主要标志。幼儿故事追求真实性，它从现实生活中提炼幼儿感兴趣的材料，按照生活的本来面目来反映生活。幼儿故事具有很强的针对性和浓郁的生活气息。

（二）事件叙述的完整性

　　幼儿故事一般都要叙述事件从发生、发展到结局的曲折过程。只有具备开端、发展、高潮、结局的故事，才是有序而完整的。故事的完整性能够满足幼儿的阅读需要，他们在听或读故事时总希望了解事情发生发展的全过程，刚看开头就盼望得到结果。所以故事的完整性、连贯性是符合幼儿审美期待的重要因素。幼儿在阅读中能获得一种完整有序的审美感受，从而得到较大的心理满足。

（三）情节的趣味性

情节的趣味性是吸引幼儿听或阅读的关键因素，也是故事本身给幼儿以深刻印象的重要条件。情节的趣味性指事件发展的过程新奇有趣、惊险曲折、引人入胜。幼儿对充满悬念、一波三折的故事报以极大的兴趣和热情，所以生动有趣的情节就成了幼儿故事的特点。如捷克幼儿故事《六个娃娃七个坑》写的是一群孩子在沙滩玩耍。他们筑道路、修碉堡、跳到水里嬉戏，后来回到岸上，领头的符兰齐克点数伙伴，数来数去少了一个，他惊慌了，孩子们都着了慌，都一个个点数，都只数出六个。于是他们都到河里捞，扎猛子摸，只摸出了一只破皮鞋。他们大哭起来，打鱼的老伯让他们上岸在沙滩上坐坑，结果是六个娃娃坐出了七个坑。原来孩子们都忘了数自己。故事波澜起伏，风趣滑稽，很受幼儿的欢迎。

（四）表现的可述性

幼儿故事是成人讲给幼儿听的口头文学，即使幼儿自己阅读故事也往往会有一种讲给别人听的冲动和欲望，这是因为幼儿故事本身具有可述性的特点。幼儿故事语言浅显明朗，长句少，短句多；口语多，书面语少；情节线索清晰，不枝不蔓，人物的语言个性化。

读一读 作品欣赏

一、幼儿故事阅读欣赏指导

阅读欣赏幼儿故事，关键是把握作品的叙事结构，感受由故事的发展带来的愉悦。幼儿早期的阅读欣赏，实际就是一种"听赏"活动。为幼儿阅读故事，让幼儿先用"耳朵进行聆听阅读"，是阅读欣赏中非常重要的环节。幼儿在"耳朵进行聆听阅读"所获得感悟，会让幼儿心神荡漾、其乐融融。

因此，幼儿故事的阅读指导，应注意以下三个方面。

选择适合幼儿阅读的图书,充满幼儿生活气息的幼儿故事,故事情节简单直接,使幼儿易于接受;

声情并茂的示范阅读,让幼儿能够感知故事内容,体验故事情感,从而获得极大地满足和愉悦。

培养幼儿的倾听能力,"倾听"是一种有目的、有选择、有自我控制的能力;而绘声绘色地阅读幼儿故事,起伏跌宕的故事情节,是培养幼儿认真倾听的良好途径。例如《张老师的脸肿了》,表达了幼儿对张老师的真挚情感。

二、优秀幼儿故事导读

1

蓝色的树叶
[苏联] 瓦·奥谢叶娃　孔嘉　等译

卡佳有两支绿颜色的铅笔,可是莲娜一支也没有。她对卡佳说:"借我一支绿铅笔吧。"

但是卡佳回答说:"我得问问妈妈。"

第二天,两个小姑娘都到学校里来了。莲娜问:"妈妈同意了吗?"

卡佳停了一下才说:"妈妈倒是同意了,可我还没有问过哥哥呢。"

莲娜说:"没关系,再问问哥哥吧。"

第二天卡佳来了,莲娜问:"怎么样,哥哥答应了吗?"

"哥哥倒是答应了,可是我怕你把铅笔弄断了。"

莲娜说:"我会小心些用的。"

卡佳说:"小心些,不要削,不要太使劲儿,不要放到嘴里去,不要用得太多啊!"

莲娜说:"我只要把图画纸上的树叶,画成绿颜色的就够了。"

"这可多啦!"卡佳说着,紧紧地皱着眉头,一脸的不乐意。

莲娜看了看她走开了,没有拿铅笔。

卡佳奇怪了,跑着去追她:"喂,你怎么了?拿去用吧!"

莲娜说:"不要啦。"

上课的时候，老师问道："莲娜，你的树叶怎么是蓝色的呢？"

"我没有绿色的铅笔。"

"那你为啥不向自己的女伴借呢？"

莲娜不声不响，没有说话。

但是卡佳羞红了脸，像只大红虾似的，她说：

"我给她啦，可是她没拿去。"

老师看了看她们说："要好好地给，别人才肯接受。"

[导读] 题目设置了悬念，树叶怎么会变成蓝色呢？把幼儿听故事的胃口吊了起来。故事紧紧围绕莲娜向卡佳借绿色铅笔这一事件展开情节，开门见山交代了故事的起因：卡佳有两支绿色的铅笔，可是莲娜一支也没有。这就引出了莲娜借铅笔的事。借的过程是曲折有趣的，卡佳不肯借，但又说不出口，开始了一次又一次的推诿：第一天问妈妈，第二天问哥哥，第三天又怕莲娜弄断了。然而，单纯开朗的莲娜却把这一切当真，一直等待着卡佳应允。直到莲娜向她保证"会小心"使用时，卡佳还提出了一个又一个要求，而且"皱着眉头，一脸的不乐意"。几经周折，才终于答应了。然而，作者笔锋一转，莲娜宁可把树叶涂成了蓝色，不借了！把故事推向了高潮。整个过程，没有一句说教和评论，没有一句心理描写，但两个小女孩的个性以及微妙的心理活动得到淋漓尽致的表现。幼儿听完了《蓝色的树叶》，很自然会感觉到卡佳的小气和莲娜的自尊，很容易理解卡佳在同伴需要帮助时的推诿和托词对同伴感情的伤害。

2

张老师的脸肿了

朱庆坪

真怪，张老师左边的脸今天突然肿了起来。是给人打了一巴掌吗？不会的。是给刺毛虫刺了一下吗？那更不会了。小朋友们坐在一起，想呀想，猜呀猜。春春说："我知道了，一定是达达昨天上课拉小娟的辫子，老师生气了，脸才肿的！"

小朋友们都说："对！对！是达达不听话，老师的脸才气肿的！"

达达的脸腾地一下子就红了，他眼睛瞪得大大的："我……我不知道老师的脸会肿起来的呀！"说着，眼泪都快滚下来了。新新连忙说："达达，别哭，这不要紧的，只要你以后不欺负小娟，张老师不生气，脸就不肿啦！"达达使劲点点头。

上课了，张老师走进来，脸还肿着，达达把手放在背后，认认真真地听着老师讲课，小娟的小辫子就在前面晃来晃去，达达一动也不去动它。可是，一直到下课铃响了，张老师的脸还是肿着。达达连忙跑到张老师面前，说："张老师，我今天没拉小娟的辫子！"张老师笑笑，摸摸达达的脑袋，就走了。

第二天早上，春春对达达说："达达，张老师的脸还肿着，她还在生你的气呢！"达达一听，可急坏了，他噔噔噔跑到小娟面前，把自己心爱的小象卷笔刀往小娟手里一塞，说："送给你。"他又跑到办公室里，对张老师说："张老师，张老师，我把小象卷笔刀送给小娟啦！"张老师又是笑了笑，没说话。达达急得结结巴巴地说："张老师，你……别生我的气……"

张老师愣住了："我生你什么气呀？"

达达说："前天，我拉了小娟的小辫子，您的脸就气肿了。"

张老师一听，格格地笑了起来："老师早就不生你的气啦，老师的脸肿，是因为牙齿疼呀！达达对老师这么好，老师的病一定好得更快啦！"

达达乐得转身就向教室跑去，大声嚷着："张老师的脸不是我气肿的，不是的！"

[导读] 故事围绕着张老师的脸肿了，选择了两件事情表达孩子们对张老师真挚的感情，一是围在一起对张老师脸肿的原因进行猜测，他们的想法十分有趣。二是达达为了消除张老师的病痛拼命克制自己，努力让自己做到最好，孩子的行为是朴拙的，孩子的想法是天真幼稚的，达达所做的一切对于减轻张老师的病没有任何效果，但故事的主题仍然得到了很好的体现，同时让读者感觉到了孩子纯洁善良的心。作为次要人物出现在故事中的教师形象，笔墨不多却把一个活泼开朗、和蔼可亲、热爱孩子、令人尊敬的优秀教师表现得淋漓尽致。张老师了解到小朋友的误会，笑着告诉他："老师的脸肿，是因为牙齿疼呀！达达对老师这么好，老师的病一定好得更快啦！"师幼关系显得那么生动、有人情味。

3

花瓣小枕头

佚 名

春天来了,蔷薇花开了,蝴蝶真高兴,她把橡子壳当作水杯,收集蔷薇花瓣上的露珠——这是多么甜蜜的饮料啊!

可是不久,蔷薇花落了,就像是下起了粉红色的雨。蝴蝶捡了一片又一片花瓣,放在自己的家里,很快,她的家就被花瓣填满了,橡子壳水杯也被埋进花瓣里,找不到了。一只小蜜蜂飞过来,"嗡嗡!嗡嗡!"她钻进花瓣中,好久也没有出来。蝴蝶好纳闷:"咦,那个小不点儿哪里去了?"

春天过去了,蝴蝶的生日到了,蚕蛾来参加蝴蝶的生日晚会,她送给蝴蝶三块美丽的丝绸。"蚕蛾姐姐,"蝴蝶端来一杯水说,"如果现在还是春天,我们就能喝到蔷薇花瓣上那甜蜜的饮料了。"

蝴蝶看着满屋子干透的花瓣,忽然,她发现橡子壳水杯就在花瓣旁边,里面还盛着满满的蜂蜜——这是小蜜蜂送给蝴蝶的生日礼物。劳累的小蜜蜂已经在花瓣上睡着了。

蝴蝶和蚕蛾喝着香甜的蜂蜜,忽然有了一个想法。她们用丝绸做成三个枕头套,里面装满了干透的花瓣。

晚上,蝴蝶、蚕蛾和小蜜蜂枕着花瓣枕头睡着了,她们梦见了美丽的春天,美丽的蔷薇花,还有花瓣上那甜蜜的露珠……

[导读]春天到了,带着小朋友到野外去收集落花,做一个花瓣枕头吧!小朋友枕着芬芳的枕头入睡,一定会常常梦见美丽的春天。同时,爱的种子会在心中萌发,他们会变得诗意、优雅,拥有一双不一样的眼睛,拥有一颗飞扬而智慧的心。

4

一 封 信

[德国] 鲍圭埃特 瞿祖红 译

现在,露茜只有跟妈妈在一起了。爸爸出国了,要过半年才回来。

今天,露茜想给爸爸写封信。妈妈还在厂里,露茜早早回到家,把空调开到高档,又往锅里削了土豆,放在电炉上。她"啪"地扭开收音机,朝窗外望了一望。

好了,她想,现在可以开始写了。她拿来一叠纸,一支圆珠笔。

"亲爱的爸爸,"露茜写道,"你不在,我们很伤心。以前每天早上都看见你刮胡子。妈妈昨天哭了。还有,床头柜台灯坏了,我们修不好。你知道不知道,我们怎么玩'扮鬼脸'游戏呢?一到晚上,安安静静的,只好看电视。"

正巧,妈妈进来了。她拍拍露茜的胳膊,问她:"给爸爸的信写好了没有?"

"写得不好。"露茜说。

露茜把一把团起的纸头,丢到一边。"那么,你就重新写吧!"妈妈说:"你写,我来炒鸡蛋。"

露茜坐到桌子前。

"亲爱的爸爸,"她说。

"我们过得挺好。"妈妈说。

露茜写了下来。

"太阳闪闪发光。有一条小狗,名字叫希比希。阳光下,小狗又蹦又跳。"

妈妈说:"请写信告诉我们,螺丝刀放在哪儿。"

露茜笑了。她写道:"这样,我们就能自己修床头柜台灯了。"

"现在我们吃炒鸡蛋。"

"还有,星期天我们去看电影。"妈妈说。

"噢——太好了!"露茜叫起来。

"我们天天想你。"她写了下来。

然后,露茜在信下面画了一大束鲜花。

[导读] 这是一篇构思精细、充满生活气息、洋溢着诗意的故事。作品取材于幼儿生活中一些极普通的事,通过修改信稿的方式来表达露茜思念父亲的情感。第一次信稿露茜真实地传达了对爸爸的思念,但有些感伤和消极;第二次信稿露茜巧妙而含蓄地表达了爸爸不在家母女俩生活的不

方便，但是两个人的情绪积极乐观。故事中的成人形象刻画得很成功，故事用极少的笔墨，表现了一位既通情达理又具有育儿智慧的妈妈。在妈妈的影响下露茜的感情变化也顺理而自然。对比两次信稿，出差在外的爸爸显然更喜欢读第二次信稿。小读者听过故事自然也会思索回味。

练一练　表达指导

一、幼儿故事的朗读

广义的幼儿故事包括经过改编的神话和传说故事。

（一）明确中心，划分层次

朗读前应明确作品要表达的中心思想，再根据情节变化划分出朗读的层次，让表达更加清晰、明了。如《一亮一暗的灯》围绕忽明忽暗的灯光，讲述了几个小朋友团结友爱，最终战胜自我、揭开谜团的故事。灯光的明暗变化给本文造成的悬念，引人入胜，可把略显神秘的解谜经过分三个层次：第一次上楼，小晴被吓跑。（爸爸不在家，妈妈也不在家，……"兰兰，兰兰，你快来！"）；第二次上楼，小晴和兰兰被吓跑（兰兰是小晴的好朋友……灯暗了，吓得一起转身往外跑）；直到第四次上楼，终于真相大白（小晴和兰兰又找来一个好朋友——虎娃……"谁叫你们胆子小，谁叫你们胆子小！"）。

一亮一暗的灯
任霞苓

爸爸不在家，妈妈也不在家，家里只有小晴一个人。

小晴可乖了，自个儿搭积木，等爸爸妈妈回来。可是，她搭好了"长江大桥"，爸爸妈妈还没回来。

天都黑下来了，小晴怕起来了。

"我到门口去等，一二三四五六，数到七，爸爸妈妈就回来了。"小晴想到这里，就往屋子外面跑……咦，这是怎么了？小阁楼里的灯，一亮，一暗，一亮，一暗。

幼儿园的小火车，车头上有两盏灯，火车一开，两盏灯就一亮一暗。

阁楼上的灯怎么也会一亮一暗呢？

"我瞧瞧去。"小晴跑到楼梯跟前，抬起脚，刚跨上一步，忽然听到一阵"悉悉沙沙"的声音，那声音就是从小阁楼里传出来的："悉悉沙沙——扑托！"小晴一下子觉得有个怪东西朝她扑过来，吓人！

小晴转过身子就逃，一边逃，一边喊："兰兰，兰兰，你快来！"

兰兰是小晴的好朋友，就住在小晴家对门。

兰兰跑来一看，真的，小阁楼里的灯一亮一暗，一亮一暗，就说："国庆节，街上的彩灯也是一亮一暗，一亮一暗的，好像星星在眨眼睛。咱们一起上去瞧瞧。"

小晴有了伴儿，胆子大些了。她们俩轻手轻脚地走到楼梯跟前，跨上一步，再跨上一步，又听见"悉悉沙沙"的声音了。小晴又害怕起来，说："兰兰，你比我胆子大，你走在前面，我走在后面。"兰兰也害怕了，说："小晴，你个子矮，我个子高，矮的排在前面，高的排在后面。"她们俩，你推我，我挤你，忽然听到小阁楼里"扑托"一声，灯暗了，吓得一起转身往外跑。

小晴和兰兰又找来一个好朋友——虎娃，他是个男孩子，胆子比她们俩大。

虎娃挤挤眼睛说："你们都是胆小鬼。我在前面走，你们跟在后面。"

噔噔噔，虎娃在楼梯上跨了三步，听见那"悉悉沙沙"的声音，呆住了。

"那是个怪东西！"小晴转过身子就逃。

"怪东西挺吓人！"兰兰转过身子，也逃了。

这一下，虎娃也害怕起来，噔噔噔，从楼梯上逃下来。

"虎娃，你自己也是胆小鬼。"

虎娃说："嗯，嗯，咱们并排，手拉手上去，就不害怕了。"

"好，好，并排，手拉着手。"小晴和兰兰一齐点点头。

虎娃想了想，又说："咱们数'一'，就上一步，数'二'，就再上一步。谁再往后躲，明天就不跟他一起玩。"

小晴紧紧地拉住兰兰的手，兰兰紧紧地拉住虎娃的手，并排儿走到楼梯跟前。

"一！"三个小朋友噔的跨上一步。

"二！"再跨上一步。虎娃的嗓门可大啦！

他们一直数到"十六"，上了楼梯，走到阁楼的门口。

这时候，灯正好亮着，虎娃往门缝里一瞧，哈哈！原来是一只小猫，就是小晴家的那只小花猫，在小桌子上跳舞，它咬住电灯的拉线开关"扑托"，跳了一下，灯暗了；"扑托"，再跳一下，灯又亮了。

虎娃嘭的一声，把门推开了，小晴和兰兰一看，也咯咯笑了起来。小晴跑过去，一把抱住小花猫："坏东西，坏东西，差点儿把我们吓死！"

"喵喵，喵喵——"小花猫好像在说："谁叫你们胆子小，谁叫你们胆子小！"

（二）抓住关键词汇塑造人物形象

儿童故事在语言风格上更接近写实，语言表达及体态语更接近或就是现实生活中人的表现。

幼儿故事常用人物来贯穿整个事件，人物对整个事件起着举足轻重的作用。当小朋友听完一个故事，印象最深的是故事中的人物，如《珍珍唱歌》中的珍珍和石娃；《李子核》中的万尼亚等。而人物形象的确立，需要我们在作品中去寻找，如在《一亮一暗的灯》中，只有抓住描写小晴、兰兰、虎娃动作的动词，才能使幼儿胆小的形象更加鲜活，使作品更具紧张感和神秘感。

二、幼儿故事的作品表达指导

1

魔 术 帽
王 玲

元元//看了一场魔术表演后，迷上了//魔术师的那顶帽子。魔术帽可神奇啦，你想要什么，它都能变出来。

一天，元元在商场//看到一顶帽子。这顶帽子//和魔术师的魔术帽//一模一样。元元就让妈妈//买了下来。

有了魔术帽，元元好高兴。好玩的奥特曼玩具、图画书、巧克力糖、米老鼠拼图……他都想用魔术帽//变出来。

"先变出一个//奥特曼战士吧！"元元想。他学着魔术师的样子，把帽子倒扣在桌子上，手在空中比画了几下，嘴巴里"咕噜咕噜"说
　　　　　　　　　　（手心朝下按）　　　　　　　　（伸出手比画，嘴里念念有词地）
个不停。然后，他小心翼翼地//把帽子掀开，可里面什么也没有。
　　　　　　　　　　　　　　　　　　　　　　　　　（摇头）

"一定是自己动作没有配合好。"元元想，"让我再试一次。"只见他两手比画来比画去，嘴里一会儿"叽里咕噜"，一会儿"咕噜咕
　　　　（作为旁观者在观看）
噜"……忙了一阵子，元元再掀开帽子，里面还是空空的。
　　　　　　　　　　　　　　　　　　　　　　　（皱眉）

元元生气了，随手把帽子//扔到地上。
　　　〈生气地〉

<u>突然</u>，他看到地上的帽子//动了起来。"什么在动？"元元不敢
　　　　　　　　　　　　　　　〈吃惊地〉（手指地上）
相信自己的眼睛，"我真的变出东西了？"

元元小心地<u>一步一步</u>朝帽子走去……他<u>轻轻地</u>掀开帽子，看到了一只小猫。"成功了！成功了！我变出一只小猫来了！"元元高兴地
　　　　　　　〈惊喜地〉　　　　　　〈大声地欢呼〉
叫了起来。

"我用魔术帽变出一只小猫来啦！"元元一边喊一边抱着小猫跑
　　　　　　　　　　　　　　　　　　　　（双手抱在胸前摇晃身体）
出了门。突然，他撞到了隔壁老爷爷身上。

"谢谢元元，帮我//找到了小花猫。"老爷爷//看到元元手里抱着的小花猫，开心地说。"啊，↗原来//小花猫不是我变出来的呀！"元
　　　　　　　　　　　　　〈遗憾地〉
元好失望。

魔术//究竟该怎么变呢？元元//纳闷了。小朋友，你看过魔术表演吗？知道魔术表演是怎么变的吗？

※ 语音提示：神（shén）奇　一模（mú）一样　随手（suí shǒu）
※ 朗读提示：主要把握元元从失望到惊喜再到失望的心理变化，注意刻画元元的动作表情，语速也随情绪的变化时快时慢。

2

小气奶奶
武玉桂

有个小姑娘，忘了她叫什么名字啦。反正//只知道她特别特别小
(摇头)

气：她的布娃娃，别的小朋友//连动也不让动，谁想多看几眼都不行。
(摇头)

有一次，她吃甜饼，不小心//掉了渣渣儿，还赶紧从小蚂蚁那儿//抢了
(俯视)　　　　　(收手)〈快〉

回来……

后来，过了//好多好多年，这个小姑娘//变成//老太太了，可她//
(噘嘴说)

还是那么小气，人们都叫她//"小气奶奶"。

有一天，小气奶奶病了。她去找医生，说："我呀——
伤风又感冒，×× ×× ×0　(愁眉苦脸、病态)
吃了一瓶药。×.× ×× ×0　〈有节奏〉
为啥不出汗？×× ×× ×
不知道，不知道。"××× ×××

医生抬头一看是小气奶奶。他想了想，就给她开了一个//药方。
(仰头示意)

小气奶奶来到药铺，药铺的叔叔看了一下药方说："错啦，老奶奶，到对门去买。"

对门是食品店。水果柜台的阿姨//看了看那张药方，卖给小气奶奶//一个大橘子。噢，原来这金黄色的橘子//就是药哇，又清凉又去
(抬手看手心)

火,真是一味好药。小气奶奶高高兴兴//又去找医生:"医生呀,这药
　　　　　　　　　　　(微笑)
怎么个吃法?↘"

医生说:"小气奶奶,您把它剥了皮,看看一共几瓣儿,就送给几个小朋友吃吧。"

小气奶奶从来没送过别人//一丁点儿东西。可现在为了治病,只好照医生的吩咐去做。
〈无可奈何地〉

橘子一共有八瓣儿。一个男孩子//拿走第一瓣儿,小气奶奶心疼
　　　　　　　　　　　　　　　　(手指做"1"状)
得//哆嗦了一下;一个女孩//拿走第二瓣儿,小气奶奶的后背//有些
〈颤音〉　　　　(手指做"2"状)　　　　　　　(摸后背)
发热了;第三瓣儿给拿走了,她鼻子尖上//微微地沁出了汗珠儿;第
　　　(手指做"3"状)　　　　　　　〈着急、渐快〉
四瓣儿给拿走了,她脑门儿也冒汗了……最后,手心里//一瓣橘子也
(手指做"4"状)〈渐慢〉
没有了,小气奶奶//差一点晕了过去,汗水//把她的衣服//全湿透了。
　　　　　　　　(闭眼)
当然,伤风感冒//立刻就好了。
〈意味深长地〉

※ 语音提示:奶奶(nǎi nai)　清(qīng)凉　沁(qìn)
※ 朗读提示:文章夸张地讲述了为吝啬的小气奶奶治病的故事。小气奶奶可用略粗带沙哑的嗓音来表现,躬腰、驼背、虚眼的神情可使体态更显苍老。

3

失 物 招 领
张 彦

小宁自己有一只红气球,今天他在街上//又捡了一只绿气球,他

请念二年级的表哥//写了一张失物招领//贴在街头：
（双手并拢掌心朝外做张贴状）

> 谁丢了 O，快来拿。
> 〈稍慢〉
> 小宁

哈，小朋友都来看了，小宁真得意，他一个一个问过去："你有没
〈高兴地〉　　　　　　　　（仰头摇一摇）　　　　　　　　〈关切地〉
有丢气球？你有没有丢气球？"可是小朋友//一个个//都摇头。

小宁正失望着，一位阿姨抱了一个小弟弟//找来了："请问，这里有没有一个//叫小宁的小朋友？"

"有的，有的，我就是。"小宁高兴地跳起来，"你是不是丢了一只绿气球？"他急忙进屋//去拿出来。

"不，不，"谁知那个小弟弟//反哭了，"我丢的那只是红色的。"
　　　　　　　　　　　　　　　　　　　　　　　　　　〈泣声〉

呀，这怎么办？↗……小宁想来想去，哦，有了。
"那，我跟你换一只吧。"小宁将自己的那只红的//给了他。
阿姨和小弟弟谢过他，走了。
小宁刚回去玩儿换来的那只绿气球，糟了，一个小姑娘来了："我的一只绿气球丢了，人家说你捡着……"她泪眼婆娑的。
〈稍慢〉

"已经来过一个小弟弟了，"小宁为难了，"他跟我换了一只。"
〈解释地〉

"这只气球是我的。"小女孩哭了。
〈大声争辩〉

给了她，小宁自己//不是没有了吗？小宁把气球藏在背后。
　　　　　　　　　　　　　　　　　　　　　（噘嘴、一只手背在后）

"我的是绿气球，这只是我的。"小女孩眼泪簌簌往下掉。
〈稍慢、泣声〉　　　　　　　　　　　　（低头、擦眼泪）

"那……你拿去吧！"小宁咬咬牙给了她。
（咬一下嘴唇）

"谢谢小宁哥哥……"小女孩高高兴兴地去了。

远远的，广场上，小朋友们//每人牵着一只大气球在玩，气球一浮一
（虚视远望）
沉的，有红的，有黄的，有绿的，有紫的，五彩缤纷。人群中，小弟弟拿
了一只红气球//在跟人玩儿"碰碰船"，他在笑；远远的，小妹妹拿了
一只绿气球，踮起脚尖，在与人比赛谁的气球放得高，她也在笑。只有
（踮脚、仰头）
小宁，双手空空//站着，他的鼻子//酸溜溜的，但是他的心里//甜丝
（看双手）   〈委屈地〉   〈高兴地〉
丝的。

※ 语音提示：小宁（níng）　簌簌（sù sù）　碰（pèng）碰船

※ 朗读提示：这篇作品让我们在欣赏美丽气球的同时，更感受到小宁美好的心灵。表达时注意小弟弟、小姑娘以及小宁的内心感受：小弟弟、小姑娘急切、恳求的心态、语调，小宁从不舍到忍痛割爱的心理变化，特别要读好对话。

4

李 子 核

[俄国] 列夫·托尔斯泰　吴墨兰　译

母亲//买了一些//李子回来，打算//吃过午饭后//分给孩子们
吃，这些李子//就放在盘子里。万尼亚//从没吃过李子，他闻了又闻，
（深呼吸两次）
心里//非常喜欢这些李子，很想尝尝李子。午饭前//母亲数了数李子，
（手点指）
发现少了一个。她就告诉了父亲。
（皱眉）

吃午饭的时候，父亲说："怎么啦，孩子们，谁吃了一个李子呀？↗"

大家都说:"没有。"万尼亚的脸//涨得像//海虾那样红,可他也说:"没有,我没吃。"
　　　　　　(眼慢慢往下看)
　　　　父亲说:"你们不论哪一个吃了,都是//不好的;但是最糟糕的//
　　　　　　　　　　　　　　　　　　　　　　　　　　　〈故作担心状〉
还不是这一点,最糟糕的是//李子里边有核呀。谁要是不会吃李子,把核也咽下去,那么过了一天,他就会死的。我担心的//就是这个。"
　　　　万尼亚脸色发白,说道:"我没有把核咽下去,我把它扔到//窗子
　　　　　　　　　〈紧张〉　　　　　〈争辩〉
外面去了。"
　　　　于是//大家都笑了起来,万尼亚//却哭了起来。

※ 语音提示: 尝(cháng)　咽(yàn)
※ 朗读提示: 这个故事的朗读,应着重把握父亲的语言。父亲机智、巧妙的话语,使一个严肃的话题变得轻松而让人记忆深刻。

5

瓜 瓜 吃 瓜
马光复

　　有个小朋友,他的名字可怪了,他叫//瓜瓜,就是//西瓜的那个瓜。他干吗叫瓜瓜呀?原来他生下来的时候,胖墩墩,圆滚滚,就像个
　　(两手相对做球状)
西瓜。他爸爸//正想着给他起个名字呢,他妈妈说:"甭伤脑筋了,就叫他'瓜瓜'吧!"
　　瓜瓜可爱吃西瓜啦,他一下能吃几大块。吃完了,把小背心往上
　　　　　　　　　　　　　　　　　　　　　　(挺出肚子、左手往上提衣服)
一拉,挺着圆鼓鼓的肚子,用手一拍,嘭嘭嘭地响,说:"西瓜在这儿呢!"
　　　　　　　　　　　　　　　　　　　　　　　　　(右手拍拍肚子)
　　有一天,天热极了,瓜瓜又闹着要吃西瓜。妈妈拿出一个小西瓜来,

对瓜瓜说:"就剩这个小的了,先吃着吧。一会儿,外婆要来,说不定//会给你带个大西瓜哩!"妈妈切开西瓜,上班去了。瓜瓜斜着眼儿瞧了瞧那西瓜,翘起了嘴巴,心想:哼,这也叫西瓜?↗可他怪口渴的,
　　　　(蔑视、噘嘴)　　　　　　　　　　　　　　　　　(咽一下唾沫)
又想:瓜儿小,说不定//还挺甜哩!就拿起一块,咬了一口。哎,↘
　　　　　　　　　　　　　　　　　　　　　　　(咬一大口、皱眉)
一点儿也不甜。

　　他吃完一块,心里生着气,一甩手,把西瓜从窗口扔了出去,掉在
　　　　　　　　　　　　　　(扬手扔)
胡同里的//路上了。

　　剩下的几块,瓜瓜气呼呼地咬上几口,也一块接一块地//往窗口外面扔。他想:要是外婆真的带个大西瓜来,又大又甜的,那该多好啊!
　　　　　　　　　　　　〈充满想象、美滋滋地〉

　　他就趴在窗台上,一个劲地往胡同东口望着。外婆每次上他家,
　　　　　　　　　　　　　　(伸头望)
都是从东口来的。哟!来了个人,慢慢地走近了,是一位老奶奶,没错
　　　　　　　　　　　(瞪大眼睛看)
儿,是外婆来了。真的,还抱着一个大西瓜呢!

　　瓜瓜大声嚷嚷:"外婆,我来接你——"就连蹦带跳,跳下楼去。
　　　　(挥手呼喊)

　　外婆听见了,心里一高兴,加快了脚步。走到垃圾箱旁边,不小心,一脚踩在西瓜皮上,滑了一跤,手里抱的大西瓜,啪嗒一下,摔了个//粉碎。
　　　　　　〈着急〉　　　　　　　　　　　　〈遗憾〉

　　外婆一边爬起来,一边说:"唉哟,谁把西瓜皮扔了这一地!"
　　　　　　　　　　　　　　　　　　　　　(扶着腰、痛苦状)

　　瓜瓜出了门//看见外婆坐在地上,连忙跑去把她搀起来,一边气呼呼地抬起脚,往西瓜皮上踩:"该死的西瓜皮,哪个坏蛋扔的?"
　　　　　　　　　　　　　　　　　(跺脚)〈生气〉

　　咦,西瓜怎么这么小——坏了,可不是他自己扔的吗?瓜瓜偷偷
　　〈疑惑地〉　　　　　　　　〈恍然大悟〉　　　　(低头、偷看)

看了外婆一眼，吐了吐舌头，悄悄地把西瓜皮//一块块拾起来，丢到路旁垃圾箱里去。

瓜瓜再看看外婆带来的大西瓜，瓤儿红红的，一定很甜，可惜//全都碎了，沾上了泥。他只好咽着口水，拿起碎瓜块往垃圾箱里扔。

〈惋惜地〉

外婆不知道//西瓜皮//是瓜瓜扔的，只看见瓜瓜//把西瓜皮扔到垃圾箱去，就说："真乖，真乖，都像咱瓜瓜这么懂事//就好了。"

〈夸奖〉

小朋友，你们猜猜，瓜瓜听了外婆的话，心里是怎么想的呀？

※ 语音提示：胖墩（dūn）墩　嘭（pēng）　蹦（bèng）　搀（chān）

※ 朗读提示：朗读时注意揣摩瓜瓜的心理变化和描写瓜瓜动作的词汇，一个顽皮、淘气、无意犯错、主动改错的可爱小男孩便呈现在我们面前。

做一做　单元练习

一、填空

1. 狭义的幼儿故事指 _____，适合幼儿接受的供幼儿阅读、聆听的叙事体的文学形式。

2. 幼儿故事的特征：_____、_____、_____、_____。

二、思考回答

幼儿生活故事《鸟树》中的想象和童话中的幻想有什么区别？

三、能力训练

举办幼儿生活故事讲述会

（一）活动内容：幼儿生活故事讲述会。

（二）活动目的：加强学生对幼儿日常生活的了解，提高学生口头语言表达能力。

（三）活动要求：

1. 选题从幼儿生活出发，语言符合幼儿语言表达习惯。
2. 脱稿讲故事，语言生动流畅。
3. 普通话标准，声音洪亮。
4. 吐字清晰，语速适当，语调抑扬顿挫，感染力强。
5. 神态自然大方，精神饱满，动作自然。

单元五

幼儿散文

5

学习目标：

　　掌握幼儿散文的概念和阅读欣赏幼儿散文的方法；理解幼儿散文的特点；了解幼儿散文的主要艺术类型。

学一学　基础知识

一、幼儿散文的概念

幼儿散文属于现代散文。它侧重于传达幼儿生活情趣及其心灵感受，适合幼儿的审美需求和欣赏水平。幼儿散文篇幅短小、构思精巧、文情并茂。幼儿散文常常运用记人、叙事、写景、状物、抒情的方法，形成一种诗的意境。幼儿散文的语言具有很强的艺术表现力和感染力，容易唤起幼儿具体的形象思维，使幼儿受到潜移默化的影响并提高审美感受能力。

二、幼儿散文的特征

幼儿作为幼儿散文的接受主体，其生理、心理特点和接受理解能力决定了幼儿散文除具有一般散文的特点外，还必须具有自己鲜明的独特性。

（一）内容贴近幼儿生活，传达幼儿的真情实感

故事以生动的情节吸引幼儿；童话因为浓厚的幻想色彩受到幼儿的喜爱；诗歌凭借音乐性得到幼儿的青睐。而幼儿散文则以它的"真"来打动幼儿。这里的真是指：真实的内容、真挚的感情、真切的描写、真诚的文字。幼儿散文从幼儿的视角来叙事、写景、状物、抒情，表现的是幼儿的心理、兴趣、爱好和感情，反映的是幼儿的生

活、幼儿眼中的世界或幼儿心中的世界，传达的是幼儿对生活的感受。例如郭风的《初次拜访》写的是一群花的孩子和土蜂去小野菊家做客，虽然是用拟人的手法，但作者描写得非常逼真！"——小野菊，穿着一件绿色的短衫，围着一条绿色的小短裙，站在门口，和大家握手，便邀请大家走到屋内来：——这时，客人们有的坐在窗口下，有的坐在小野菊的小书桌边，有的坐在一只小摇篮边，那摇篮里睡着一个小泥人，它是小野菊的小玩具……"花的孩子受到了小野菊的热情接待，孩子们在一起和睦相处、甜蜜美好。那穿着绿色短衫的野菊，那房间的摆设以及花和土蜂的游戏，都散发出质朴、浓郁的幼儿生活气息，是幼儿生活中常见的场景。金波的《夏夜》是一篇叙事散文。散文叙写了一个孩子在炎热的夏夜入睡的经过，妈妈摇着大蒲扇，一下又一下地扇着，凉爽的风，让"我"睡着了，妈妈由于困，手中的扇子落下来，惊醒了"我"，妈妈又被喊"热"的我惊醒，妈妈又接着扇。我不愿意再睡，而是在清醒的状态下享受母爱。散文把温馨甜美的亲子之爱，表现得那么真切。孩子由热到凉的心理变化写得真实且令人感动，使人产生美好的联想。

（二）构思精巧，意境优美，充满幼儿想象

散文讲求意境美，幼儿散文也不例外。不同的是幼儿散文的意境是具体可感的形象，这些形象往往活灵活现，充满了幼儿的想象。它的意境简明，而不深奥晦涩。如胡木仁的幼儿散文《圆圆的春天》："小蜻蜓，尾巴尖，弯弯尾巴点点水……/小蜻蜓做什么？/我给春天灌唱片！/青蛙唱"呱呱"，雨点敲"丁冬"，活泼可爱的鱼娃娃，跳起水上芭蕾舞……灌呀灌，灌好了：圆圆的池塘，圆圆的唱片，圆圆的春天。"蜻蜓点水，涟漪绵绵，作者抓住了这一动态景物，给予具体化、形象化、艺术化，写成是给春天灌唱片，有青蛙唱歌，有雨点奏乐，还有活泼的鱼来舞蹈，热闹逼真鲜活。散文表现出了幼儿眼中的春天，孩子心中的春天。韦苇的幼儿散文《小松鼠，告诉我》，从幼儿的角度，真切地表达了幼儿对失去自由的小松鼠的同情和关爱。

这个特点，使幼儿散文这一艺术形式显出娇稚的形态，在幼儿文学中独具魅力。

（三）语言明丽清纯，渗透幼儿的情调和趣味

散文统称美文。语言明丽、清纯是幼儿散文对美文这一称号的具体表现，明丽，指明净、美丽；清纯，指清澈、纯真。优秀的幼儿散文，其语言犹如明净的天空或清澈的小溪，明朗而流畅，并处处跳动着稚拙的童心。如徐青山的《小种子》：

小 种 子
徐青山

滴答，滴答，小雨点不停地下着。

小种子们睡在泥土里，都给小雨点吵醒啦！它们看见水，高兴极了，一颗颗都张开小嘴，吱吱吱！拼命地喝。

喝呀，喝呀，干巴巴的小种子，都变成了小胖子，再也闷不住了，它们一颗颗都伸出脚，探出头来了。你瞧，你瞧，小小的、白白的，多么小的小嫩芽啊！每枝小嫩芽的头上，还戴着一顶帽子哩。

雨停了，天晴了。小嫩芽上的帽子也摘掉了。暖和的太阳照着它们，轻轻的春风吹着它们，小嫩芽长得真快呀，没有几天，它们全都抽出碧绿的叶子来啦！

散文写了小种子破土而出的情景。通过简洁、浅显、明丽清纯的语言表现出来，更是生动形象、童趣盎然。下着小雨，睡在泥土中的小种子被吵醒了。"它们看见水，高兴极了，一颗颗都张开小嘴，吱吱吱，拼命地喝。"干巴巴的小种子，变成了"小胖子""伸出脚，探出头来"，白白的小嫩芽的头上"戴着一顶帽子"，把小种子刚发幼芽的情态表现得活灵活现。

读一读 作品欣赏

一、幼儿散文的阅读欣赏指导

首先，幼儿散文通过幼儿对自然、社会及外部世界的充满童稚之气的认识和感悟，抒写属于幼儿的内心情感和情愫。优秀的幼儿散文情感的真实性能让幼儿感到亲切。阅读欣赏时应以现实中的自然和社会为参照，抓住现实与作品之间的共通性，教学时可指导学生搜集与作品相关的现实环境图片、声音、影像资料，并制作成课件展示。

其次，欣赏作品着重体会其词语、句式的优美。幼儿散文作者常用比喻、拟人、象征的手法，用动态的描述，展现一幅幅富有色彩、音响和流动的画面。教学时可组织幼教学生通过分析、反复诵读这些词句感受其内在的诗意。

最后，优秀的幼儿散文作者，由于风格的差异，作品从题材的选择和构思到文字表达都迥异有别，如斑马的《大皮靴》和《蜡笔》两篇幼儿散文，想象奇特、意象跳跃，意境粗犷、开阔和壮美，突出了男孩子的雄壮和刚毅；金波的《夏夜》写一个孩子在炎热夏夜入睡的经过，表现的是亲子之爱，散文的意境那么的温馨悠远；郭风的幼儿散文大多是童话性的散文，他善于写童心世界，把花草世界艺术化，他的语言明丽清纯，渗透着幼儿的情调和趣味。作为幼儿保育专业的学生应该大量地阅读幼儿散文，感受其独特的艺术魅力。

二、优秀幼儿散文导读

1

小松鼠，你告诉我

韦苇

小松鼠，你背上这三条竖纹，黑黑的，长长的，是你妈妈给你描上的吧？

小松鼠，你这条大尾巴，蓬松的，轻盈的，是你妈妈生给你跳远的吧？

小松鼠，你这双小眼睛，黑闪的，机敏的，是你妈妈生给你寻找松果的吧？

你脖子上，定然挂过妈妈为你编织的花环，那野花编成的五彩花环，定然鲜艳过苍郁的松林。

然而，你佩戴过花环的脖子上，今天被套上了铁丝挽成的小圈圈，圈子系着一条长链子，链子拴在一个男人的手里，这个男人站在大街的一侧，站在立交桥的脚边。

我们的城市很美丽。可是，把你带进我们的城市，我的心阵阵发紧。

这里有很多很多商店，却没有一家商店出售松果；这里有很多很多街树，却没有一棵树结着松果！

这里闻不到松脂的清香。

这里嗅不到大森林的气息。

这里看不到最蓝的天空……

小松鼠，你从哪里来？远方的哪片松林，是你的家乡？远方的哪只松鼠，是你的妈妈？

小松鼠，你告诉我！我知道你的声音很小，但是我耳朵听不见的声音，我的心能听见！

[导读] 这篇散文假定性很强却真切地描写了闹市中的一个生活场面：幼儿面对一个被囚禁的小松鼠发出了关切的想象和疑问。从幼儿的角度，用幼儿的心去体察事物，以幼儿的大脑去想象。"你脖子上，定然挂过妈妈为你编织的花环，那野花编成的五彩花环，定然鲜艳过苍郁的松林"与眼前"铁丝挽成的小圈圈"形成强烈对比，构思巧，笔触细，感情真，作品中充满诗意的语言表达了幼儿对小松鼠美好的关爱之情，是一篇不可多得的幼儿散文佳作。

2

春雨的色彩
楼飞甫

春雨，像春姑娘纺出的线，没完没了地下到地上，沙沙沙，沙沙沙……

一群小鸟在屋檐下躲雨，他们在争论一个有趣的问题：春雨到底是什么颜色的？

小白鸽说："春雨是无色的。你们伸手接几滴瞧瞧吧。"

小燕子说："不对，春雨是绿色的。你们瞧！春雨落到草地上，草地绿了！春雨淋在柳树上，柳枝儿绿了……"

麻雀说："不不！春雨是红色的。你们瞧！春雨洒在桃树上，桃花红了！春雨滴在杏树上，杏花儿红了……"

小黄莺说："不对，不对，春雨是黄色的。不是吗？它落在油菜地里，油菜花黄了；它落在蒲公英上，蒲公英的花儿也黄了……"

春雨听了大家的争论，下得更欢了，沙沙沙，沙沙沙……它好像在说："亲爱的小鸟们，你们的话都对，但都没说全面。我本身是无色的，但能给春天的大地带来万紫千红……"

[导读] 散文创造了一个优美的意境：绵绵的细雨，屋檐下叽叽喳喳的小鸟，旷野上的繁花绿草……组成一派有声有色的春景，从而给读者以美的享受。

散文的构思新颖。它从春雨的"色彩"着眼，运用拟人的手法，从幼儿的角度去感受自然，以幼儿的眼睛和心理来体味客观事物。作者借用"小鸟们"的争论，对春雨过后色彩斑斓、万紫千红的景色，进行了丰富多彩的想象和趣味盎然的描写。同时散文所描写的内容十分贴近幼儿生活，富有浓郁的生活气息，如写小鸟们的争论："不对""不不！""不对，不对"。散文还巧妙地把知识寓于有趣的描写之中，如结尾春雨听了小鸟有趣的争论，下得更"欢"，并站出来说出了实情，平息了争论。

3

冬爷爷的图画
方轶群

火炉上，水壶"滋滋"地冒着气，屋子里多温和呀。窗子外，老北风呼呼地吼叫着，大柳树给吹得摆来摆去。

"冬爷爷要画画了！"爸爸轻轻地说。

"真的，它要把画画在玻璃窗上。等明天天一亮，你就看见了。"爸爸劝方方睡觉，方方想看冬爷爷的画，看了会儿窗户，不知怎么，就睡着了。

夜里，冬爷爷让老北风使劲吹着窗户，玻璃可冷了，屋子里的水蒸气跑到窗前，一下碰到玻璃上，很快变成了六角形的、漂亮的小冰花，真是数也数不清。

第二天是个大晴天，太阳光透过窗帘，屋子里很亮，方方醒来，忙扯开窗帘，啊，窗玻璃上真的画满了画，一格窗框一幅画，多美呀！

第一格上，画着一棵大松树，

第二格上，画着一片大山，

第三格上，画着一朵兰花……

爸爸走进屋，说："看见了吗？冬爷爷画的画漂亮吗？"

小朋友，你一定也看见过冬爷爷的画吧？

[导读] 这是一篇幼儿知识散文，旨在向幼儿说明水蒸气在一定的低温时结成冰的道理。作者运

用深受幼儿欢迎的拟人化的手法，把冬天写成冬爷爷，把窗上的小冰花写成是冬爷爷画的图画。冬爷爷的图画画的什么呢？方方展开了丰富的想象——可以想象成大树，可以想象成大山，可以想象成兰花。散文展示了一幅独特的北方冬天的生活图画，给单调的冬天涂上了一层梦幻般的神奇色彩，使之千姿百态，妙不可言，从而给幼儿带来极大的愉悦。

4

摘　苹　果
傅天琳

　　我们去摘苹果。

　　苹果树是妈妈栽的，妈妈栽的苹果树结苹果了。夏夏，妈妈抱你，你就是妈妈的苹果了。

　　你的手太嫩，力气太小，使足了劲也摘不下苹果来。不要紧的，你会长大，长得像苹果树一样高，像妈妈一样有力气。

　　太阳照着你和苹果，照着土地和妈妈。让妈妈摘一个苹果放在你的耳边。听见什么了？是太阳，是大地，还是妈妈的声音？

[导读] 散文写了妈妈抱着孩子摘苹果的生活场面。妈妈抱着"妈妈的苹果"——孩子，孩子摘着"妈妈栽的苹果"，妈妈期望着孩子像苹果一样快快长大。这一情景让读者强烈地感觉到年轻妈妈对孩子的爱亲昵而深沉。母爱是散文写作的永恒主题，在作品中或写依偎在妈妈的怀抱，萦绕在妈妈的膝前，或写母亲的抚摸或亲吻，但很少如傅天琳一样把这份亲情写得像苹果一样可以被感觉、可以被触摸。

练一练　表达指导

一、幼儿散文的朗读

　　幼儿散文主要以真实地再现生活来抒发作者的主观感受，抒情性强。在表达上应有生活化的口语感，情真意切，充满想象地感受幼儿散文优美的意境，声音不能过硬、过大、过高、过强，而应以舒缓的语气、轻柔的声音、适中的语速表达出幼儿散文的情感。

如《闹元宵》就是一篇充满童趣的散文。作者用通俗易懂的语言为我们勾勒出一幅生动的幼儿生活图画,幼儿充满想象的思维为我们展现了一场热闹多变的元宵灯会。

闹 元 宵
李慰宜

元宵节到了,幼儿园里闹花灯。天黑了,点灯了,一闪一亮真好看。平平说:"我们排着队儿走。"灯儿变成一条龙。芳芳说:"我们围着圈儿走。"灯儿变成一朵花。明明说:"我们背靠背儿转着走。"灯儿变成大车轮。你看见的灯有这么美吗?请把它画出来。

二、幼儿散文的作品表达指导

1

画 房 子
王宋林

贝贝拿来五支彩笔,坐在窗前//画房子。

红色的笔,画一间//漂亮的瓦房,她说,这是送给//布娃娃的房子。

绿色的笔,画一个//碧水荡漾的池塘,她说,这是送给//青蛙的房子。
  (双手十指张开放在肩的前方)

蓝色的笔,画一片天空,她说,这是送给//星星的房子。
  (注视左方,左手伸出指左上方)

黄色的笔,画一只小竹笼,她说,这是送给//小鸡的房子。
  (两手的十指并拢,做鸡的小尖嘴动作)

小鸟在枝头上蹦蹦跳跳,望着窗口唧唧地叫。
  (两手臂在体侧上下舞动,做鸟飞动作)〈拟声〉

哦,别急,别急,贝贝拿起//紫色的笔,画一个小鸟窝,挂在树杈
  (伸出手左右摆动)
上,她说,这是送给//小鸟的房子。
  (双手前伸,手心向上)

※ 语音提示：荡漾（dàng yàng）　送给（sòng gěi）　蹦（bèng）
※ 朗读提示：这是一篇散文，描述了小朋友画画的情景。艳丽缤纷的色彩、充满想象的画面给了朗读者美好的视觉享受，应用生活化的语言来表达。语速适中，音色柔和甜润。

2

帆
张朝东

我家在//大巴山下，嘉陵江边。站在山头瞭望，山山水水逗人
（踮脚看）
爱：红的橘子，黄的广柑，绿的江水，白的船帆……
（手点指）
我最喜欢嘉陵江上的白帆。一张张白帆，像一朵朵白花，开在绿
（充满想象）
茸茸的草地，又像一片片白云，飘在蓝蓝的天上。春天，它运输抽水机、化肥和农药；秋天，它满载瓜果、稻米和笑脸。

我问爸爸："白帆飘到哪里去？"

爸爸说："白帆飘到重庆、上海。大城市里的小朋友，最爱吃咱种的橘子、广柑。"

真想不到，嘉陵江通向大上海，小小山村和祖国各地//紧紧相连！

啊，我爱嘉陵江，我爱白帆。

※ 语音提示：帆（fān）　橘（jú）子　嘉陵（líng）江　紧（jǐn）
※ 朗读提示：本文通过对家乡景色、特色的描述，表现出对家乡、对祖国的热爱之情。朗读时应充满想象，有一定的视觉感，在柔和而舒展的声音中蕴含着对家乡的赞美，自豪感油然而生。

3

雨 冰雹 雪
红芽

　　下雨,是天上的神仙们//在过泼水节呢。有时//他们泼得太热闹
(抬头看天)
高兴了,手里的金盆儿、银盆儿、铜盆儿//就会热闹地//撞在一起,擦
(双手和掌)
出耀眼的火花,发出轰隆隆的响声……这时农民伯伯就会高兴地说:
(点头)(笑语)
"打雷了,下雨了,庄稼喝饱了!"
　　下冰雹,是天上的小孩儿们//在抢着吃冰球呢。他们谁也不让谁,结果谁也没抢到,都"哗啦啦"地//掉到地上来了。农民伯伯就会发
(边点头边指地下)　　　　　　　　　　　　(摇头、皱眉)
愁地说:"糟了,庄稼//会被砸坏的!"
　　下雪,是天上的仙女们//在做棉衣呢。仙女们很勤劳,天空中的朵朵白云,就是她们//种的棉花。冬天来了,她们用这些棉花//缝制柔软暖和的衣服。看到地下//光秃秃、冷清清的,仙女们//就把棉花//
(双手抱双肩)
洋洋洒洒地抛下来……农民伯伯就会开心地说:"下雪了,庄稼又有棉被啦,大地变得多美呀!"
(欣慰地虚视,看远景)

※ 语音提示:泼(pō)　热闹(rè nao)　擦(cā)　冰(bīng)球
　　　　　　砸(zá)坏　缝(féng)制　暖和(nuǎn huo)

※ 朗读提示:本文生动有趣地描述了几种自然现象,朗读时应烘托出神仙过节时的热闹场面、小孩儿顽皮嬉闹的情景以及仙女轻盈的姿态,声色由实转柔,还应注意体会农民伯伯说话时三种不同的心态。

4

小 树 林
邓小秋

风儿，从北方飞来，捎来了秋姑姑的口信：
"天气要凉啦，告诉∥小树林了么，该多添件衣服啦！"
〈轻柔地耳语〉

"知道啦，知道啦！"
小树叶们∥坐在树杈上，都忙着∥穿起了金黄色的衣服。
果然，天气渐渐地凉了。
风儿，又从老远的北方，带来了冬伯伯发出的好消息。
小树叶们头靠着头，窸窸窣窣，商量了好一阵子："天气要凉啦，
　　　　　　（稍侧头）　　　　　　　　　　　　　　〈清脆的童音〉
可别让大地妈妈冻着啦！"
于是，它们争先恐后地飘了下来。
　　　　　　〈惊喜地〉
一片、两片、三片……轻轻地∥盖在大地妈妈的∥身上。
（用手点数）

※ 语音提示：凉（liáng）　树杈（shù chà）　窸窸窣窣（xī xi sū sū）
※ 朗读提示：本篇散文语言生动，借用抒情的笔调，描写了"秋风吹，树叶飘"的情景。朗读时，使用柔和、舒展的声音表现，激起幼儿对大自然的热爱之情。

5

油 菜 花
金 波

春天。田野上∥盛开着一畦畦油菜花。
　　　（单手手臂伸直，手背朝上，由身体前方划到身体侧方）
阳光下，油菜花闪着耀眼的光，像一盏盏点亮的灯花。无论谁看了，

都会眯起眼睛说:"多么亮的油菜花啊,花瓣儿//就像金子做成的!"
〈陶醉地〉

小蜜蜂飞到油菜花丛里,它采花酿蜜,一天到晚,忙个不停。你看,
(双臂做鸟飞动作)　　　　　　(微笑、摇头)　　　(眼望远处、点指)
在油菜花丛里//劳动过的小蜜蜂,一只只//全染上金黄色。

小蜜蜂告诉我:"今年的油菜籽//一定会丰收的。"
(微笑)〈坚定地〉

我告诉小蜜蜂:"因为我们洒下了//亮晶晶的汗水啊!"

※ 语音提示:畦(qí)　花啊(a)

※ 朗读提示:这篇散文描述了春天生机勃勃的油菜花田。朗读时,用欢快、热情的声音,表现小蜜蜂在花田采蜜的忙碌场面。

做一做　单元练习

一、填空

幼儿散文属于_____。它侧重于_____,适合幼儿的审美需求和欣赏水平。儿童散文_____、_____、_____。它常常运用_____、_____、_____、状物、抒情的方法,形成一种诗的意境。

二、能力训练

选1~2篇自己喜欢的幼儿散文,为作品配上相应的图,并声情并茂地朗诵出来。

单元六

幼儿图画故事

6

学习目标：

　　掌握图画故事的概念，指导幼儿阅读图画故事的要领和方法；理解图画故事的艺术特征；了解图画故事的主要艺术形式及特点。

学一学　基础知识

一、幼儿图画故事的概念和特征

幼儿图画故事是以连续的画面表现故事内容，供幼儿独立阅读或亲子共读的特殊的文学样式。图画故事书也叫图画书，它的主要读者是幼儿。幼儿图画故事突破传统观念上的故事意义，变单纯用文字表现故事为用图画表现故事，幼儿在接受上变用耳朵听故事为用眼睛看（边看边听）故事，是一种适合于幼儿直接阅读的"视觉化的幼儿文学"。幼儿图画故事根据画面多少分为单幅、多幅和连续图画故事。目前，绘本是一种较为流行的幼儿图画故事，它用精美的绘画契合精练简短的文字，将幼儿带入艺术欣赏的殿堂，用连续的图画故事使幼儿获得心灵上的愉悦与精神上的提升。本书将以绘本作为阅读欣赏和讲读的主要载体来进行介绍。

幼儿图画故事是文学和美术的完美结合。文字和图画在图画故事中不是简单的叠加，而是互相渗透，互相融会，表现同一个主题，共同创造一个艺术世界。幼儿图画故事因此区别于传统的幼儿文字故事，具有自己鲜明的艺术特征。

（一）主体的绘画性

在图画故事中，图画是故事的主体。作家运用视觉语言讲述故事，通过和谐鲜亮的色彩、创意独特的构图、富有动感的画面构成意义完整的故事，以直观的形象直接作用于幼儿的视觉。作品的内容直接呈现于可感的连续画面，这一点是与文字故事完全不同的。图画故事主要凭借绘画语言,它能够以直观的、浅显的、有趣的画面来描述故事情节,让幼儿领略文学的精彩。

(二) 绘画的夸饰性和明朗性

图画故事的画面,不同于其他题材的绘画作品,要符合幼儿的年龄特点和审美心理,因此图画故事的画面在艺术表现上也就具备一定的夸饰性和明朗性。所谓夸饰,就是通过不同的艺术手段造成画面内容不同程度的夸张和变形。在图画故事中动物植物人格化,将主人公的某一局部特征加以特写式放大,图画故事的夸饰性便自然地产生了。

明朗性是幼儿图画故事在色彩运用方面的特点。图画故事中图画色彩就是一种特殊的语言。色彩鲜亮与沉着,浓烈和清淡,都能赋予图画不同的情感和风格,影响着对幼儿的吸引力强弱。幼儿图画故事的明朗性有两点要求:一是形象的鲜明感,给婴幼儿欣赏的画报一般都符合这一要求;二是色彩和故事的适宜。图画故事的图画要根据故事来选择色彩。

图 6-1

《爷爷一定有办法》写的是一个很有温情的生活故事,画家就选择了能给人以温暖的暖色作为主色调(图6-1)。

(三) 文字表达的简洁性和整体性

图画故事以图画为主体,而这一文学样式中有的也配有文字,其文字并不是对图画的说明和补充,而是作为作品的有机组成部分存在其中。幼儿图画故事作品以充分散文化和诗化的简洁语言与图画相配合,使读者能感受到图画故事所蕴藏的深层内涵,能体味到作者渗透在画面之中的智慧。德国雅诺什的图画故事《噢,美丽的巴拿马》用一组图画讲述了一对好朋友小熊和小老虎寻找巴拿马的故事(图6-2)。与每一幅图相对应的是寥寥数语对故事的陈述。他们经历了漫长的旅程之后找到的"巴拿马",原来是自己的住处。如配图的文字是这样的:"噢,老虎,"小熊每天都这么说,"真高兴!我们来到了巴拿马,你说呢?""是的,"小老虎说,"这儿就是我们的理想王国。我们永远、永远都不用再搬家了。"文字简洁明白,而且充满了拙朴的情致,它和图画达到了互相渗透、水乳交融的境地,用这样的文字托起了图画故事的诗意,使作品获得了更长的意味。

图 6-2(a)从前,有一只小熊和一只小老虎。他们住在河边的那棵大树旁。小熊每天做的事是去钓鱼。小老虎去森林采蘑菇。

(a)

图 6-2(b)有一天,小熊和小老虎决定去寻找传说中美丽的巴拿马。"你知道吗?"小熊说,"巴拿马可比我们这儿美多了。"

(b)

图 6-2(c)"噢,老虎,"小熊每天都这么说,"真高兴!我们来到了巴拿马,你说呢?""是的。"小老虎说,"这儿就是我们的理想王国。我们永远、永远都不用再搬家了。"

(c)

图 6-2

图与文在图画故事书的制作过程中，没有先后主客之分。就好比在一首奏鸣曲中，钢琴和小提琴分别有各自的乐谱，但只有两者合奏才能够制造出一首完整的乐曲。图画书也一样，既不是先有文再有图，也不应该是先有图才有文，而是在形成的瞬间，便已是图文一体的同时诞生了。

二、绘本的概念和特征

（一）绘本的概念

绘本，英文称 Picture Book，是幼儿图画故事书的一种形式。绘本是以连续的画面，辅以少量文字，来表现故事内容，通过图画和文字共同讲述一个故事，供幼儿独立阅读或亲子共读。

绘本不是配有图画的书，它是一种独立的图书形式，特别强调文与图的内在关系，文字与图画共同担当讲故事的重要角色，图画不再是文字的点缀，而是图书的灵魂，甚至有些绘本只有图画，没有文字，称为"无字绘本"。

（二）绘本的特征

绘本是文学与艺术的完美结合。绘本的最大特点是图文结合，从简单的文字中能自由想象图画，从图画中又能显示出简单文字的重要性。文字和图画不是简单地叠加，而是相互渗透，相互融合，表现同一个主题，创造同一个艺术世界。绘本区别于其他幼儿文学作品，具有自己鲜明的特征。

1. 图画的主体性

绘本中的图画不是插图，也不是配图，是可以直接叙事的，具有语言叙述、表情达意的功能，幼儿能够通过只读绘本中的画面读懂绘本。

2. 文字的简练性

绘本以图画为主体，部分配有文字。配有文字的绘本，文字并不是对图画的说明和补充，而是作为作品的有机组成部分存在其中。绘本通过简洁精炼的、符合幼儿特点的语言与图画相呼应，使读者能感受到绘本中蕴含的深层内涵，能体会到作者渗透在作品之中的智慧。

3. 图文的结合性

绘本是一种图文并茂的书籍，是文学和艺术的完美结合。文字涉及了场景、情节、人物的变化,当亲子共读时,带来的是听觉上的感知,图画则用线条、色彩带给幼儿视觉上的感知,它们互相渗透、互相融合、互相丰富,共同创造一个供幼儿翱翔的幻想世界。

4. 内容的趣味性

绘本之所以成为流行读物,受到幼儿甚至成人的喜欢,很重要的原因就是其特有的趣味性。绘本中画面夸张或变形、或明朗或清淡的色彩,风趣优美的文字以及生动曲折的情节,都会给读者留下深刻印象,不管是幼儿还是成人都能在绘本中找到自己的乐趣。

读一读 作品欣赏

一、绘本的阅读欣赏指导

幼儿对绘本的接受常常是在成人的讲述和自己观赏的互动中实现的。幼儿一接触绘本,首先在视觉上被图画的描述力量所冲击,也就是说,幼儿接受图画故事不同于接受文字故事,是视觉先于听觉。当我们拿到绘本时,应如何进行阅读呢?

(一) 从封面和封底开始读绘本

封面,是绘本的脸,它的画面和色彩的独特性,一眼就能吸引人们,让人产生一种想把它拿在手里,好好看一看的冲动。佩里·诺德曼与梅维丝·雷默在《儿童文学的乐趣》一书中开门见山:"在开始阅读一本书之前,封面是影响读者期待的最重要的因素。封面或护封上的图画通常涵盖了故事中最关键的要素。"

绘本的封面是孩子最先接触和阅读的部分,起到"内容简介"的作用,幼儿可通过封面大致猜出书的内容,大多数的绘本封面图片取自正文里的一幅画,也有专门创作的封面,需要读完整本书才能领悟到封面的用意。有些绘本的封面与封底连在一起构成了一幅画,需要将封面和封底同时打开。封面同时包含其他信息,如书名、作者、出版信息、获奖信息等,辅助读者了解绘本。

(二) 藏起来的秘密——环衬

环衬又叫蝴蝶页，是连接封面与书芯的两页内容，通常一页粘贴在封面的背后，另一页作为书芯的首页。书前的环衬称为前环衬，书后的环衬称为后环衬。环衬是最容易被看漏的一页，但是它绝不多余，前后环衬相互呼应，有时还可以升华主题，甚至说出故事之外的情节。环衬一般没有文字，颜色或图案也是经过精挑细选的，与书的主题和氛围基本一致，环衬的内容通常是书中出现的一些图案、花纹等。

前后环衬的颜色和图案基本一致，但也会有一些变化。有时，前环衬和后环衬遥相呼应，一个作为故事的开头，一个作为故事的结尾，要是漏看一个，就可能会对绘本故事有完全不一样的理解。

(三) 不容小觑的扉页

扉页，是在前环衬后的具有书名、作者（译者）、出版信息的书页。有些扉页除了文字还有图画，通常书中的主人公或关键元素就会出现在这里。

(四) 绘本的主体——正文

正文是绘本的主体和重心，包括图画和文字两部分。画面的色彩和线条体现绘本的风格与基调，文字和符号则可以帮助幼儿理解绘本，提升想象空间。

因此，阅读绘本要看文字，更要看图画，一个好的绘本至少会包括三个故事：第一个是文字讲述的故事，第二个是图画讲述的故事，第三个是文字与图画相结合而产生的故事。

(五) 反复阅读、讨论

想真正读懂一本幼儿绘本，必须反反复复地细读包括文字、图画以及版面设计在内的相关内容。绘本内容丰富，需要读者去寻找、去发现、去感受。一本好的绘本，不管是文字还是图中的每一个细节，都需要细细研读才可以真正读懂。

关于绘本，可以讨论的话题有很多，最多的莫过于绘本的深层次的意义。有的绘本的主题、思想、观点是隐含起来的需要认真思考才能把它们找出来。但是对于年幼的孩子来说，成人最好不要和他们来讨论一本绘本，对于他们来说，这样的问题太抽象了。因此，幼儿教师在指导幼儿阅读绘本时，应注意指导幼儿统观全书，用启发、提示等方法引导幼儿通过想象去弥补图画之间的跳跃与叙事"空白"，指导他们发现图画故事中有趣的细节,并帮助幼儿加深理解,并组织幼儿进行必要的延伸活动。

二、优秀绘本导读

1

猜猜我有多爱你

[爱尔兰] 山姆·麦克布雷尼 著

安妮塔·婕朗 图 梅子涵 译

[故事梗概]

栗色的小兔子想要去睡觉了,它紧紧地抓住栗色大兔子的长耳朵,它要栗色的大兔子好好地听:"猜猜我有多爱你?""噢,我大概猜不出来。"栗色的大兔子说。"有这么多。"小兔子张开双臂,拼命往两边伸。栗色的大兔子的手臂更长,它说:"可是,我爱你有这么多。"嗯,是很多,栗色的小兔子想。

"我爱你,有我够到的那么高。"栗色的小兔子举起胳膊说。"我爱你,也有我够到的那么高。"大兔子也举起胳膊说。这太高了,栗色的小兔子想,我真希望我也有那样长的胳膊。

然后,栗色的小兔子又有了一个好主意,它朝下倒立,把脚往树干上伸。它说:"我爱你,一直到我的脚趾够到的地方。""我爱你,一直到你的脚趾够到的地方。"栗色的大兔子说,它把栗色的小兔子高高地抛到了它的头顶上。

"我爱你,有我跳得那么高。"栗色的小兔子哈哈大笑,它跳上又跳下。"可是我爱你,也有我跳得那么高。"栗色的大兔子微微地笑着,它跳得那么高,耳朵都碰到树枝上面了。跳得太高了,栗色的小兔子想,我真希望我也能跳那样高。

栗色的小兔子大叫:"我爱你,从这条小路一直伸到河那边。""我爱你,过了那条河,再翻过那座山。"栗色的大兔子说。这实在太远了,栗色的小兔子想。它太困了,实在想不出什么来了。于是,它抬头朝高高的灌木丛上望去,一直望到一大片黑夜。没有什么东西能比天空更远了。"我爱你,一直到月亮那么高。"它说,然后闭上了眼睛。"噢,这真远,"栗色的大兔子说,"这非常远,非常远。"

栗色的大兔子把栗色的小兔子轻轻地放到了树叶铺成的床上,低下头来,亲亲它,祝它晚安。然后,它躺在小兔子的身边,小声地微笑着说:"我爱你,到月亮那么高,再——绕回来。"(图6-3)

图6-3

[导读]这是一本诞生于英国的图画书。这是一个表达爱的故事。

"猜猜我有多爱你?""噢,我大概猜不出来。"这是临睡前一对母子(或父子)的对话,作者通过故事把生命中那种最原始的父母与孩子的情感浓缩在短短的一段对话里。爱如何来衡量?在成人看来是一个很复杂的事情,但在孩子那里却那么的直接,那么的真切。故事在接龙游戏似的比喻中展开,孩子的天真、智慧让人发噱,却又是那么温情感人。小兔子不管怎么比,它的爱永远也比不过爸爸妈妈来得多、来得高、来得远,最后,它终于在一片酽酽的爱中睡去了,故事到此本该结束了,然而作者又添上了一句:"我爱你到月亮那么高,再绕回来。"这简直是神来之笔,一个这样简单的故事,却表达了人类最原始,也是最伟大的一种情感。

与山姆·麦克布雷尼充满了童稚的文字相得益彰的,是安妮塔·婕朗天然质朴的水彩画。

她没有使用浓墨重彩,而是挑选了三种近乎苔藓色调的原色:土色、淡橄榄绿色和暗蓝色。土色画兔子、大树和栅栏,淡橄榄绿色画草和树叶,暗蓝色画天空。这是一个爱意绵长的故事,这样的图画恰到好处地突出爱的原始与质朴。一大一小两只兔子,也是画得相当拙朴,少许土色加上一个钢笔墨线勾画出的轮廓,就是它们的全部了,然而却富于表现力,惹人爱怜,越看越让人喜欢。

《猜猜我有多爱你》不止有一个单纯、温馨的故事,粗大的字体和不断反复的叠句,最适合父母和孩子紧紧地依偎在床上,在熄灯之前一遍又一遍地轻声朗读了。还有什么比告诉孩子"我爱你",更能让孩子安心入睡的呢?书中那柔和的色彩以及大面积的留面和接近单色的背景,都与"睡前故事"这个样式十分吻合,营造出了一种恬静的视觉效果。

2

颜　　色

[瑞士] 莫妮克·弗利克斯

[故事梗概]

图画故事的主人公是一只天真活泼好动好奇又善于探索的小老鼠。它在雪白的纸上用小爪子把纸抓破，探出一个小脑袋，看见了堆满彩笔和各色染料的书桌。小老鼠使尽全身力气，推开染料盒，抱起一管红颜色的，画一条杠，又抱起一管蓝颜色，再画一条杠，又画一条黄颜色的杠，然后把黄蓝搅在一起，得到了绿，把蓝和红搅在一起，得到了紫，又把所有的颜色搅和在一起，一片狼藉，乱七八糟！小老鼠溜到了纸的背面，留下了一行好看的脚印（图6-4）。

图6-4

[导读] 莫妮克的老鼠无字书从头到尾没有一个字，但并不妨碍她将一个故事讲得有声有色，丝丝入扣。图画故事以"生活在书中的老鼠"为基本创意，使用书本身作为舞台，大胆使用空白，突破书页之间的界限。从创意的角度说，也是近乎完美。画面非常鲜活，色彩鲜艳，老鼠的神态动作十分传神，在细节的处理上也是十分细腻，整体的视觉感受非常和谐，连续翻看仿佛是看动画。她的风格可谓独树一帜！

阅读这本书名为《颜色》的图画书，你能够叙述故事的经过，却无法形容故事主人公——小老鼠，无法表达小老鼠的那份惊讶与快乐。更重要的是，作者透过纤细与敏感的笔触所流露的无限的爱意、通过简洁的构图与构思所显示出的深刻智慧，都是转述的文字所不能达到的。

这是一本没有字的书，也是一本真正一流的书。这本书和另外7本《反正》《飞机》《小船》《大风》《数字》《字母》《房子》组成一套著名的无字书系列。每一本都是一件杰出的艺术品，具有不可复制性。小老鼠"无字书"以绝妙的想象在最日常的知识和生活中幻化出无限的可能性。

3

小蓝和小黄

李欧·李奥尼 图·文　彭懿 译

[故事梗概]

　　小蓝和小黄是一对好朋友，一起游戏，一起上课。一天，小蓝趁妈妈出门的时候，溜出去找小黄。可是回到家，小蓝的爸爸妈妈认不出来了："哎呀，这个'绿'不是我们家小蓝呀。"回到小黄家，小黄的爸爸妈妈也认不出来了："哎呀，这个'绿'不是我们家小黄呀。""绿"很伤心，哭呀哭呀，最后全部都变成了蓝色和黄色的眼泪，蓝色眼泪聚到一起成了小蓝，黄色眼泪聚拢到了一起就成了小黄，两个人高兴地回到家里，小蓝的爸爸妈妈先拥抱了小蓝，又拥抱了小黄，结果变成了绿色，知道这时，爸爸妈妈才总算明白了这是怎么一回事。

[作品赏析]

　　这是一本很有创意的图画书，也是一本独特而且具有丰富想象力的故事书。书里涉及了3种颜色：蓝色、黄色、绿色。小蓝和小黄是用蓝颜色和黄颜色的色纸撕出来的圆纸片，看上去就像两大滴滴在白纸上的油漆。就是这两个没有任何表情的色块，作者却赋予他们丰富的情感。小蓝和街对面的小黄是好朋友，他们一起上课一起玩耍。一天，小蓝在妈妈出门的时候，没忍住去找小黄玩，但小黄不在家，小蓝到处寻找才找到好朋友，两人高兴地抱在一起，没想到这一抱俩人合成了一个小绿。这下爸爸妈妈都不认识自己的孩子了，小绿急得大哭，流出蓝眼泪和黄眼泪，眼泪聚拢又变成了小蓝和小黄。爸爸妈妈和各自的孩子团聚，大家高兴地互相拥抱。一个跟亲近有关的故事，其中夹杂着欢笑与眼泪，两个从纸上撕下来的小圆点，小蓝和小黄，带有儿童的喜与悲。

　　与此同时，蓝色和黄色也属于三原色，两者相遇融合成为新的颜色，把"蓝色+黄色=绿色"的过程用故事表达了出来，能让孩子们更容易理解绿色是怎么产生的。

　　除此之外，蓝色和黄色还代表着两种不同性格，作者以混色的方式巧妙描述不同个性的人们如何相处,在视觉表现上本书更是运用了圆形、四边形等形状,让画面更丰富。

❹

团 圆

余丽琼 文 朱成梁 图

[故事梗概]

绘本讲的是在外打工的爸爸回家和妻子、女儿一起过春节的故事。爸爸在外面盖房子,每年只能回家一次。当得知爸爸要回家的消息时,女儿毛毛和妈妈早早起来去等候爸爸。在新年中毛毛享受着爸爸特有的关爱,一起去理发,去高高的屋顶看龙灯,在汤圆里包入一枚好运硬币,一起去拜年。可是,爸爸很快就要离开了,短暂的团聚之后又是长长的离别。"我"郑重地把好运硬币交到爸爸的手中,期盼着下一次的团圆。(图6-5)

图6-5

[导读] 春节是中国人的传统节日,是一个团圆的日子。绘本《团圆》以孩子的视角描写外出务工的爸爸在春节回家那几日发生的故事。从回家,到送礼物,买新衣,贴春联,舞龙灯,堆雪人,再到送别,更像是一个包含了起承转折的微电影。爸爸的角色贯穿始终,中间还设置了幸运硬币为引子,微而巧妙,更多的细节描述将浓浓的父爱体现了出来,虽然没有明说父爱,却处处表达着父爱。

《团圆》是一本有浓浓中国味的绘本,画面喜庆,画风具有中国传统水墨画的特点,传神的描绘出了小镇春节的一派祥和气息,文字简单,没有夸饰的言辞,没有刻意渲染和过度说教,情感表达酽而不烈,娓娓道来一个外出打工父亲和孩子之间的情愫。

团圆是一部将民族传统文化、现代生活内涵、儿童心理情感恰切而有机地融为一体,具有人情味、历史感、艺术美的感人作品。

练一练　表达指导

一、绘本的讲读指导

日本图画书研究者松居直在《我的图画书论》中强调"请大家把'图画书不是让孩子读，而是由大人读给孩子听'这一点当作基本原则来考虑"。幼儿的人生经验非常有限，虽然他们可以自主阅读绘本，但如果有成人引导讲读幼儿图画故事，将满怀爱心、充满温暖生动的幼儿图画故事用话语传入幼儿耳中和心中，这是多么幸福的事情。因此，在阅读绘本的基础上，绘本的讲读就显得尤为重要。

绘本的讲读，包括讲述、朗读和讨论等多种方式。幼儿既是幼儿图画故事的倾听者，也是参与者，绘本讲读中幼儿和成人一起经历美妙的阅读过程，增进趣味，享受亲密的情感氛围和沟通交流的愉悦。那么，怎样才能更好地讲读绘本呢？

（一）遵循幼儿视角，讲究幼儿趣味

绘本的讲读者应充分考虑儿童本位为出发点的原则，在讲读中，充分考虑幼儿的需求，将愉悦体验作为讲读的目标。讲读时要注意渲染故事气氛，把握故事节奏，最大限度地通过绘本讲读活动给幼儿带来丰富、亲密、安全等多种美妙的情感体验。

（二）认真充分的准备是绘本讲读的前提

任何绘本的讲读，都需要充分的准备，应建立在对图画书艺术理解和把握的基础上，从绘本故事的脉络、角色形象、核心场景、中心画面再到文字的表述、图画细节和主题，讲读者需要在充分研读绘本作品的前提下，梳理讲读的重点、思路和风格。

（三）以读代讲，读讲结合

绘本讲读时，包括封面、环衬、扉页、正文和封底，图、文作者和出版信息也要说明。讲读者可按照页码逐页读出相应文字，特别注意关键句子的解读，帮助幼儿连贯地理解绘本，比如点出作品主旨的句段，全书的结尾句。讲读时运用恰当的语气语调再现它的情感内涵乃至文学意蕴，在潜移默化中使幼儿接受语言熏陶。绘本讲读时依然要以语言表达技巧为基础，如停连、重音、语气、语调。还要注意语言要生动形象，有感染力和亲和力。如《猜猜我有多爱你》，总体上叙述语言部分的语速稍

慢,讲到大兔子时的语速宜慢,表现它作为长者的慈爱;讲到小兔子时的语速稍快,表现它的天真、可爱、调皮。

(四)适当的停顿、留白和提问

绘本翻页带来的自然停顿,配合讲读者的有意停顿,会形成绘本讲读的基本节律。幼儿会更注意那些奇异的、鲜明的有趣的或与他们生活相关的细节,绘本讲读要给予幼儿自主观察图画的时间,在绘本讲读时给予幼儿适当的停顿和留白,帮助他们在讲读中自主读图和讲图,让幼儿体验到愉悦和成就感。同时可以适时地提出关于故事情节、画面细节、经验和联想等的问题和讨论,帮助幼儿自主思考和主动阅读。问题开放且富有启发性,少而精,引导幼儿思考,引导幼儿猜测故事的发展走向。

最后需要注意的是,绘本的讲读应建立在幼儿自主阅读、整体阅读和重复阅读的基础上,讲读时应特别考虑绘本作品的特点、读者对象年龄等综合因素,所有的方法策略都没有绝对的规定性,在绘本讲读时应有选择地采用、整合和创新,以促进绘本讲读活动的顺利开展。

二、绘本的作品表达指导

1

母鸡萝丝去散步
[美国] 佩特·哈群斯

[故事梗概]

太阳的暖光照耀着一派生机勃勃的农林,动物们正在各自进行着自己的活动:远处树上觅食的小松鼠,在稻田里守望的小羊,在花丛中嬉戏的小兔子……当然,少不了我们的主人公母鸡萝丝,母鸡萝丝还在她长满了红果子的树下的家里呢,那么美好的天气,真该去做点什么。

于是,母鸡萝丝要出门散步了。逍遥从容的萝丝走在乡间小道上,完全没有察觉到身后还有一只心怀不轨的坏狐狸。萝丝穿过农家院子,身后的狐狸扑了上来。可狐狸一脚踩到了钉耙,钉耙一个反弹,狠狠地打到了它的脸上。萝丝绕过池塘,狐狸扑了上来,可它扑了一个空,栽到了池塘里。萝丝翻过干草垛，狐狸扑了上来，可它一头扎进了干草垛。萝丝又"经过磨坊""穿过篱笆""钻过蜜蜂房"，到最后，她"按时回到家吃晚饭"了，而狐狸呢？或许还在被蜜蜂追着叮咬。（图6-6）

图6-6

[导读] 这部作品讲读的重点在于文字之外由图画叙述的故事。画面清晰生动，成人在引出文字后，幼儿便会主动阅读图画中的故事，并顺利地使用自己的语言将主要的故事内容讲述出来，应给予幼儿充分的自主阅读，尊重并鼓励幼儿进行自主讲读。

成人在讲读中可着重引导幼儿关注画面故事情节和细节，并适时提问如：狐狸是怎么被蜜蜂追的？母鸡做了什么？你觉得狐狸好像在说什么？你觉得这是怎样的一只狐狸？幼儿很自然地总结概况出"笨拙""倒霉"等丰富的词汇及完整句子的表达，锻炼幼儿的观察思考和表达能力。

绘本的文字非常简略，文本只简洁叙述了母鸡萝丝的活动。讲读时可依据绘本画面丰富讲读内容，讲读文字时，应关注幼儿的反应，对他们比较陌生的概念和词汇，如"磨坊""篱笆"等应结合画面讲解。理解绘本的关键画面时，可让幼儿复述或进行角色扮演活动，增加对狐狸每一次"落空"原因的探讨。体会作品的戏剧化效果。

值得一提的是，作品的扉页以完整的画卷提供了母鸡萝丝散步的"路线图"，幼儿在自主阅读中可能没有关注，讲读者可以引导幼儿在重复阅读中重点欣赏，并梳理整个故事各个环节的线索。

❷

是谁嗯嗯在我头上

[德国] 维纳尔·霍尔茨瓦特　文

[德国] 沃尔夫·艾布鲁赫　图

方素珍　译

是谁嗯嗯在我头上

[故事梗概]

一个晴朗的早上，阳光灿烂。一只小鼹鼠怀着同样灿烂的心情从洞里钻出头，开心地迎着阳光说："天气真好！"

谁知道，就在这时候发生了一件糟糕的事情，让原本心情美好的小鼹鼠一下子暴跳如雷——一条长长的，像香肠一样的"嗯嗯"掉了下来，正巧掉在了小鼹鼠的头上，更糟的是，小鼹鼠视力不好，根本看不清楚到底这事儿是谁干的。小鼹鼠头顶着"嗯嗯"开始寻找到底是谁嗯嗯在他的头上，故事就此展开……小鼹鼠先后找到鸽子、马先生、野兔、山羊、奶牛、猪先生，并把头上的"嗯嗯"与它们的"嗯嗯"一一做了对比，发现它们都不是"嗯嗯"的主人。最后，在苍蝇的帮助下小鼹鼠终于找到了罪魁祸首——一只大狗，然后它也展开了自己的小报复，将自己的"嗯嗯"拉在了大狗的头上。

[导读] 绘本的封面就足够引起幼儿的注意。"封面上是谁？它的头上是什么？""它的表情怎么样？"讲读者可用这一系列开放而富有启发性的问题引发幼儿的思考，当读出"是谁嗯嗯在我的头上"这样的标题，让幼儿觉得既新奇又赋予了故事主角的代入感，激发幼儿阅读聆听的强烈兴趣。

这部绘本拥有单纯的故事线索和反复的故事层次。小鼹鼠在寻找"是谁嗯嗯在我头上"的过程中都遇见了谁、接下来会怎么样是作品的主要悬念，讲读时图画文字是一一对应的，画面丰富有趣，文字在词汇的选择、句群的组织和语言节奏上都充满了生活化和情趣。绘本文字中如"又湿又黏""又大又圆""像豆子一样……""像一颗颗咖啡色的小球……"等这样的文学语言对儿童语言发展有着积极的促进作用，讲读中可重点引导幼儿结合生活理解运用。

建议可采取忠于原文字的讲读方式，围绕"嗯嗯"展开的一系列灵动而富有变化的幻想，配合讲读绘本的翻页，让孩子去发现每种动物"嗯嗯"的不同，"它接下来会找谁？"可有短暂的停顿，以呼应作品的故事节奏。

绘本的角色形象丰富，讲读者可运用抑扬顿挫、轻重缓急的语调、语速和语气技巧，设计多变的音色以角色感扮演的方式讲读，如小鼹鼠的声音机灵轻快、小鸽子的声音温柔善意、马先生的声音成熟稳重、野兔的声音呆萌、刚睡醒的山羊缓慢沙哑等声音处理来增加讲读的吸引力。配合画面重复的文字"是不是你嗯嗯在我的头上？""不是的，我的嗯嗯是这样的"，当重复了几次这样的文字后，幼儿可以很自然的知道这样的文字是重复的，讲读中提问"小鼹鼠又会说什么呢"，让幼儿参与讲读增加和孩子的互动。

3

一园青菜成了精

编自北方童谣 周 翔 图

[故事梗概]

出了城门往正东,一园青菜绿葱葱。最近几天没人问,他们个个成了精。

绿头萝卜称大王,红头萝卜当娘娘。隔壁莲藕急了眼,一封战书打进园。

豆芽菜跪倒来报信,胡萝卜挂帅去出征。两边兄弟来叫阵,大呼小叫争输赢。

小葱端起银杆枪,一个劲儿向前冲。茄子一挺大肚皮,小葱撞个倒栽葱。

韭菜使出两刃锋,呼啦呼啦上了阵。黄瓜甩起扫堂腿,踢得韭菜往回奔。

莲藕斗得劲头儿足,胡萝卜急得搬救兵。歪嘴葫芦放大炮,轰隆隆三声响。

打得大蒜裂了瓣,打得黄瓜上下青。打得辣椒满身红,打得茄子一身紫。

打得豆腐尿黄水,打得凉粉战兢兢。藕王一看抵不过,一头钻进烂泥坑。(图6-7)

图6-7

[导读] 这是一本非常生动有趣的绘本,风格诙谐幽默、阅读时令人忍俊不禁。极富有戏剧冲突的画面和极富韵律的文字完美贴合,让人一读再读。不管是成人还是幼儿,都会喜欢这样一个有趣的童谣绘本。

绘本的名字就很吸引人,让人充满好奇。这是一本从封面看到封底的绘本,每页都可以仔细观察和细细品味,画面栩栩如生充满了趣味。幼儿熟悉的蔬菜摆出各式各样的武斗招式,类似中国京剧武打场面的画面,朗读时配上有节奏的语言文字,夸张又有趣。

讲读时可以让幼儿先看这是什么蔬菜,它在做什么,绘本的文字具有极强的韵味和节奏,朗朗上口，值得一遍又一遍读。讲读者要读，幼儿也要读，读出韵律，读出快乐。绘本中有一些词语如"娘娘""挂帅""战书"等幼儿可能不太理解，可给幼儿进行解释说明，使幼儿理解。

作品可多次重复阅读，和幼儿一起阅读，也可以幼儿自己阅读，阅读的记忆和印象会永远留在他们心中，在看到各种各样的蔬菜时，不断被唤起。在讲读后，可以让幼儿进行角色表演活动，在和幼儿欣赏、游戏过程中，幼儿在现实和想象中自由徜徉，感受到快乐。

做一做　单元练习

一、填空

1. 幼儿图画故事是以_____，供幼儿独立阅读或_____的特殊的文学样式。

2. 图画故事的艺术特征：_____；_____；_____。

二、活动题

搜集一些幼儿图画故事，然后在小组里讨论，并加以分类和评价。

三、思考创作

按《鼠小弟的小背心》故事内容提示，自创图画故事。

参考文献

[1] 金波. 中国当代最佳儿歌选 [M]. 北京：作家出版社，2005.

[2] 圣野，吴少山. 新编儿歌365[M]. 杭州：浙江少年儿童出版社，2004.

[3] 山曼. 百岁童谣 [M]. 济南：明天出版社，2001.

[4] 周殿福. 艺术语言发声基础 [M]. 北京：中国社会科学出版社，1980.

[5] 全国幼儿园教材编写组. 语言 [M]. 北京：人民教育出版社，1984.

[6] 阅读和写作（第五册）. 幼儿师范学校语文课本 [M]. 北京：人民教育出版社，1987.

[7] 华东七省市. 四川省幼儿园教师进修教材协作编写委员会编写，幼儿文学 [M]. 上海：上海教育出版社，1987.

[8] 楼飞甫. 幼儿文学作品选讲 [M]. 福州：福建少年儿童出版社，1988.

[9] 鲁兵. 365夜儿歌 [M]. 上海：少年儿童出版社，1989.

[10] 鲁兵. 中国幼儿文学集成 [M]. 重庆：重庆出版社，1990.

[11] 黄云生. 一个被误解的文学现象 [J]. 浙江师范大学学报，1990（4）.

[12] 浦漫汀. 儿童文学教程 [M]. 济南：山东文艺出版社，1991.

[13] 唐亚南，朱海琳，赵彦. 儿童文学与幼儿语言

教育 [M]. 北京: 科学普及出版社, 1994.

[14] 黄云生. 黄云生儿童文学论稿 [M]. 桂林: 漓江出版社, 1996.

[15] 黄云生. 人之初文学解析 [M]. 上海: 少年儿童出版社, 1997.

[16] 韦苇. 世界童话史 [M]. 福州: 福建教育出版社, 2002.

[17] 郑光中. 幼儿文学教程 [M]. 成都: 四川民族出版社, 1998.

[18] 人民教育出版社中学语文室编著. 幼儿文学 [M]. 北京: 人民教育出版社, 2000.

[19] 人民教育出版社中学语文室编著. 幼儿文学作品选读 [M]. 北京: 人民教育出版社, 2005.

[20] 韦苇. 韦苇与儿童文学 [M]. 合肥: 安徽少年儿童出版社, 2000.

[21] 人民教育出版社中学语文室. 幼儿文学 [M]. 北京: 人民教育出版社, 2001.

[22] 陈恩黎. 孩子, 让我陪你一起长大 [M]. 济南: 明天出版社, 2004.

[23] 方卫平, 王昆建. 儿童文学教程 [M]. 北京: 高等教育出版社, 2004.

[24] 黄云生. 儿童文学教程 [M]. 杭州: 杭州大学出版社, 1996.

[25] 杨实诚. 儿童文学美学 [M]. 太原: 山西教育出版社, 1994.

[26] 韦苇. 儿童文学·创作实践篇 [M]. 重庆: 重庆出版社, 2000.

[27] 韦苇. 儿童文学·基础知识卷 [M]. 重庆: 重庆出版社, 2000.

[28] 赵寄石. 幼儿园课程指导丛书(语言小班)

[M]. 南京：南京师范大学出版社，2001.

[29] 朱光潜. 美学文学论文集 [M]. 长沙：湖南人民出版社，1980.

[30] 张颂. 播音创作基础 [M]. 北京：北京广播学院出版社，1990.

[31] 卓燕生. 朗诵·播音·节目主持人 [M]. 呼和浩特：内蒙古大学出版社，1993.

[32] 罗莉. 文艺作品演播 [M]. 北京：北京广播学院出版社，1996.

[33] 河马文化. 新童谣 [M]. 长春：吉林出版社，2010.

[34] 陈蔚. 幼儿智力世界 [M]. 杭州：浙江少年儿童出版社，2006（19）.

[35] 陈蔚. 幼儿智力世界 [M]. 杭州：浙江少年儿童出版社，2006（5）.

[36] 陈蔚. 幼儿智力世界 [M]. 杭州：浙江少年儿童出版社，2004（23）.

[37] 陈蔚. 幼儿智力世界 [M]. 杭州：浙江少年儿童出版社，2005（11）.

[38] 陈蔚. 幼儿智力世界 [M]. 杭州：浙江少年儿童出版社，2005（5）.

[39] 陈燕华. 燕子姐姐讲故事 [M]. 上海：中国唱片上海公司，1995.

[40] 幼儿文学60年经典 [M]. 北京：中国少年儿童出版社，2010.

[41] 周兢，余珍有. 幼儿园语言教育 [M]. 北京：人民教育出版社，2011.

[42] [美] 佩特·哈群斯. 上谊出版部，译. 母鸡萝丝去散步 [M]. 上海：少年儿童出版社，2006.

[43] [德] 霍尔茨瓦特，[德] 埃布鲁赫. 方素珍，

译.是谁嗯嗯在我头上[M].石家庄:河北教育出版社,2007.

[44]余丽琼,朱成梁.团圆[M].济南:明天出版社,2008.

[45]周翔.一园青菜成了精[M].济南:明天出版社,2008.

图书在版编目（CIP）数据

幼儿文学欣赏与表达 / 高格褆,舒平主编. -- 北京:
高等教育出版社, 2021.9（2022.8重印）
ISBN 978-7-04-056380-1

Ⅰ.①幼… Ⅱ.①高… ②舒… Ⅲ.①儿童文学-文学欣赏-中等专业学校-教材 Ⅳ.①I106.8

中国版本图书馆CIP数据核字(2021)第131896号

幼儿文学欣赏与表达

You'er Wenxue
Xinshang yu Biaoda

出版发行	高等教育出版社
社　　址	北京市西城区德外大街4号
邮政编码	100120
印　　刷	固安县铭成印刷有限公司
开　　本	889mm×1194mm 1/16
印　　张	11.75
字　　数	190千字
购书热线	010-58581118
咨询电话	400-810-0598
网　　址	http://www.hep.edu.cn
	http://www.hep.com.cn
网上订购	http://www.hepmall.com.cn
	http://www.hepmall.com
	http://www.hepmall.cn
版　　次	2021年1月第1版
印　　次	2022年8月第2次印刷
定　　价	29.80元

策划编辑	于　腾
责任编辑	于　腾
特约编辑	张文若
封面设计	赵　阳
版式设计	赵　阳
责任校对	胡美萍
责任印制	耿　轩

本书如有缺页、倒页、脱页等质量问题，请到所购图书销售部门联系调换
版权所有　侵权必究
物 料 号　56380-00

郑重声明

高等教育出版社依法对本书享有专有出版权。任何未经许可的复制、销售行为均违反《中华人民共和国著作权法》，其行为人将承担相应的民事责任和行政责任；构成犯罪的，将被依法追究刑事责任。为了维护市场秩序，保护读者的合法权益，避免读者误用盗版书造成不良后果，我社将配合行政执法部门和司法机关对违法犯罪的单位和个人进行严厉打击。社会各界人士如发现上述侵权行为，希望及时举报，本社将奖励举报有功人员。

反盗版举报电话　　(010) 58581999　58582371　58582488
反盗版举报传真　　(010) 82086060
反盗版举报邮箱　　dd@hep.com.cn
通信地址　北京市西城区德外大街4号　高等教育出版社法律事务与版权管理部
邮政编码　100120

防伪查询说明

用户购书后刮开封底防伪涂层，利用手机微信等软件扫描二维码，会跳转至防伪查询网页，获得所购图书详细信息。也可将防伪二维码下的20位密码按从左到右、从上到下的顺序发送短信至106695881280，免费查询所购图书真伪。
反盗版短信举报
编辑短信"JB, 图书名称，出版社，购买地点"发送至10669588128
防伪客服电话
(010) 58582300

学习卡账号使用说明

一、注册／登录
访问http://abook.hep.com.cn/sve，点击"注册"，在注册页面输入用户名、密码及常用的邮箱进行注册。已注册的用户直接输入用户名和密码登录即可进入"我的课程"页面。
二、课程绑定
点击"我的课程"页面右上方"绑定课程"，正确输入教材封底防伪标签上的20位密码，点击"确定"完成课程绑定。
三、访问课程
在"正在学习"列表中选择已绑定的课程，点击"进入课程"即可浏览或下载与本书配套的课程资源。刚绑定的课程请在"申请学习"列表中选择相应课程并点击"进入课程"。
如有账号问题，请发邮件至：4a_admin_zz @ pub.hep.cn。